I. S. TURGENEV

FIRST LOVE

И.С. ТУРГЕНЕВ
ПЕРВАЯ ЛЮБОВЬ
I. S. TURGENEV
FIRST LOVE

EDITED WITH INTRODUCTION,
NOTES & VOCABULARY
BY F. G. GREGORY

RUSSIAN
STUDIES

PUBLISHED BY BRISTOL CLASSICAL PRESS
GENERAL EDITOR: JOHN H. BETTS
RUSSIAN TEXTS SERIES EDITOR:
NEIL CORNWELL

First published in 1962 by Bradda Books Ltd.
Published in 1984 by Basil Blackwell Ltd.

This edition published in 1991 by
Bristol Classical Press
an imprint of
Gerald Duckworth & Co. Ltd.
The Old Piano Factory
48 Hoxton Square, London N1 6PB

A CIP catalogue record for this book is available from the British Library

ISBN 1-85399-251-8

Printed in Great Britain by
Booksprint, Bristol

INTRODUCTION

,,Первая любовь'' is a fine example of Turgenev's narrative method. The dramatic tension is built up not by external events in themselves, but by the effects these events have on the individuals concerned and on the relationships between them.

It differs however from the short stories and the novels of Turgenev in not being concerned with reflecting social aspects of Russia and the Russian people. The interest aroused by his ,,Записки охотника'' and the disputes stirred up by the figure of Bazarov in ,,Отцы и дети'' (1862) all have their origin in the way these works reflect the attitude of Turgenev on sociological questions.

,,Первая любовь'' on the other hand is concerned only with revealing the development of the feeling of love in the writer, and the main interest for the reader lies in the development of the character of the narrator as this feeling grows in him; and our curiosity is naturally aroused as to the character of Zinaida.

It often happens that a writer, in order to sustain the tension created by a dramatic situation, resorts to developments which do not fit in with the characters of the protagonists of the story. Has this happened in ,,Первая любовь'' in the case of the heroine, Zinaida? The famous critic Pisarev, contemporary of Turgenev, whose article "Bazarov" is particularly well-known, devoted an earlier article to the "Женские типы в романах и повестях Писемского, Тургенева и Гончарова" (1861), in which, having begun by stating his intention of studying the characters of Asya, Natalya, Zinaida, etc., he writes when he comes to Zinaida: "О Зинаиде Засекиной не скажу ни слова. Я её характера не понимаю."

Does this mean that Turgenev failed in the case of Zinaida in depicting a "real" woman? Or is it merely that Pisarev, always looking for reflections of sociological problems in the works he examined, was baffled by a drama in which he could find no such reflection?

Is Zinaida really so difficult to understand? Certainly there appear to be contradictions in her nature. But Turgenev was far from imagining that human beings are logical; perhaps the best evidence of this is his later "повесть" "Вешние воды" (1871), the hero of which, Sanin, abandons the chance of happiness with the woman he really loves to run after a worthless woman, for whom he is conscious all the time of having no deep feeling.

The reaction of the narrator, Vladimir Petrovich, on hearing of Zinaida's death seems to show that he at least had no doubts about the goodness of her nature: "Вот чем разрешилась, вот к чему, спеша и волнуясь, стремилась эта молодая, горячая, биистательная жизнь! Я это думал, я воображал себе эти дорогие черты, эти глаза, эти кудри — в тесном ящике, в серой подземной тьме".

And doctor Lushin, depicted as the only worthy person amongst the frivolous, worthless people who surrounded Zinaida, makes it clear that he thinks that she has high motives for her actions when he says: "Я, дурак, думал, что она кокетка! видно, жертвовать собою сладко — для иных".

There thus seems to be no good reason for doubting the sincerity of Zinaida's own words: "Я таких любить не могу, на которых мне приходится глядеть сверху вниз. Мне надобно такого, который сам бы меня сломил . . ."

By the end of the story there remains even for Vladimir

Petrovich little doubt why Zinaida blushed at the words "соперник тайный тебя нежданно покорил."

The mystery that still remains lies in the words of Zinaida: "Ушла бы на край света, не могу я это вынести, не могу сладить . . . И что ждёт меня впереди! . . . Ах, мне тяжело . . . Бóже мой, как тяжело!"

Do they confirm the words of the doctor "жертвовать собою", and, if so, what is the nature of the sacrifice? Is the sacrifice connected with the financial situation of her mother?

Or is it that she had met the man she had dreamt of, "который сам бы меня сломил", only to find that his strength was the strength of the supreme egoist?

We know at any rate what philosophy of life the father of Vladimir Petrovich professed. We have it in his own words to his son, "Свобода — а знаешь ли ты, что может человеку дать свободу? Воля, собственная воля, и власть она даст, которая лучше свободы. Умей хотеть — и будешь свободным и командовать будешь."

If there is any hint in "Первая любовь" of a reflection of social conditions in the Russia of the fifties it is in the person of Vladimir's father, a direct descendant of Onegin and Pechorin — the conditions under Nicholas I which gave birth to them being very similar to those towards the end of his reign and in the first few years of the reign of his successor, Alexander II (emperor from 1855 till 1881).

There is little doubt that Vladimir is based on Turgenev himself.

N. A. Ostrovskaya wrote that the author himself confessed this to her in the following dialogue: "— А мальчик — разве он не живое лицо? — спросила я.

— Этот мальчик — ваш покорнейший слуга, — ответил Тургенев.

— Как!? И вы так влюблены были ?

— Был.

— И с ножом бегал? — И с ножом бегал."

The weakness of character that we see in Vladimir

Petrovich corresponds without doubt also to a certain weakness in Turgenev himself. Dmitry Vasilevich Grigorovich, whose best known work "Антон Горемыка" appeared in Nekrasov's "Современник" in 1847 (the same year as the first of Turgenev's sketches "Записки охотника"), published his "Литературные Воспоминания" in 1892. There he writes: "Недостаток воли в характере Тургенева и его мягкость вошли почти в поговорку между литераторами; несравненно меньше упоминалось о доброте его сердца; она между тем отмечает, можно сказать, каждый шаг его жизни. Я не помню, чтобы встречал когда-нибудь человека с большею терпимостью, более склонного скоро забывать направленный против него неделикатный поступок."

A few pages later he writes: "С его большим умом, разносторонным образованием, тонким эстетическим чувством, широтой и свободой мысли, Тургенев мог бы быть — и, по-настоящему, должен был бы быть в свое время — центром литературного кружка; вокруг него охотно бы стали группироваться остальные литературные силы; к сожалению, это не осуществилось, — не осуществилось потому, что для представителя кружка у него недоставало твёрдости, выдержки, энергии, необходимых условий в руководителе. Он сам добродушно величал себя «овечьей натурой». Он, кроме того, не был способен к практической деятельности, доказательством чего служат его собственные запутанные дела; наконец, даже при лучших нравственных условиях, Тургенев не мог бы играть преобладающей роли в литературном кружке; он наездом только бывал в России и никогда бы не решился оставить Париж и семейство г-жи Виардо. Он и его брат оправдывали предсказание матери, говорившей им обоим: «Жаль мне вас; вы не будете счастливы, вы оба однолюбцы», то есть будете всю жизнь привязаны к одной женщине.

Но слабость характера отличала Тургенева только в делах житейских. Известно, как много нужно силы воли, энергии, твёрдости, чтобы долгое время неотступно преследовать одну и ту же задачу, бороться против нервного и физического утомления, заставить себя довести до конца продолжительный умственный или художественный труд.''

The picture given here of Turgenev may be completed by an extract from the article ''Тургенев в Ясной Поляне'', written in 1919 by Sergey Lvovich Tolstoy, eldest son of the author of ''War and Peace'', Leo Tolstoy, on the occasion of Turgenev's first visit to Yasnaya Polyana (in 1878): ''Все мы, конечно, с величайшим интересом ждали Ивана Сергеевича. Я знал, что Тургенев большого роста. Но он превзошёл мои ожидания. Он показался мне великаном — великаном с добрыми глазами, с красноватым лицом, с мягкими, как мне казалось, мускулами ног и с густыми волосами и такой же бородой.''

Earlier in the same article he had spoken of his father's attitude towards the works of Turgenev: ''Из отдельных рассказов Тургенева он считал лучшим «Первую любовь», потому что он в этом рассказе описал то, что сам пережил.''

We leave it to the reader to decide whether he agrees with this judgement.

F. G. G.

Посвящено́ П. В. А́нненкову

Го́сти давно́ разъе́хались. Часы́ про́били полови́ну пе́рвого. В ко́мнате оста́лись то́лько хозя́ин, да Серге́й Никола́евич, да Влади́мир Петро́вич.

Хозя́ин позвони́л и веле́л приня́ть оста́тки у́жина.

— Ита́к, э́то де́ло решённое, — промо́лвил он, глу́бже уса́живаясь в кре́сло и заку́рив сига́ру, — ка́ждый из нас обя́зан рассказа́ть исто́рию свое́й пе́рвой любви́. За ва́ми о́чередь, Серге́й Никола́евич.

Серге́й Никола́евич, кру́гленький челове́к с пу́хленьким белоку́рым лицо́м, посмотре́л сперва́ на хозя́ина, пото́м по́днял глаза́ к потолку́.

— У меня́ не́ было пе́рвой любви́, — сказа́л он, наконе́ц, — я пря́мо на́чал со второ́й.

— Э́то каки́м о́бразом?

— О́чень про́сто. Мне бы́ло восемна́дцать лет, когда́ я в пе́рвый раз приволокну́лся за одно́й весьма́ ми́ленькой ба́рышней; но я уха́живал за ней так, как бу́дто де́ло э́то бы́ло мне не вно́ве: то́чно так, как я уха́живал пото́м за други́ми. Со́бственно говоря́, в пе́рвый и после́дний раз я влюби́лся лет шести́ в свою́ ня́ню; но э́тому о́чень давно́. Подро́бности на́ших отноше́ний изгла́дились из мое́й па́мяти, да е́сли б я их и по́мнил, кого́ э́то мо́жет интересова́ть?

— Так как же быть? — на́чал хозя́ин. — В мое́й пе́рвой любви́ то́же не мно́го занима́тельного: я ни в кого́ не влюбля́лся до знако́мства с Анной Ива́новной, моe̋й тепе́решней жено́й, — и всё у нас шло как по ма́слу: отцы́ нас сосва́тали, мы о́чень ско́ро полюби́лись друг дру́гу и вступи́ли в брак не ме́шкая. Моя́ ска́зка двумя́ слова́ми ска́зывается. Я, господа́, признаю́сь, поднима́я вопро́с о пе́рвой любви́, — наде́ялся на вас, не скажу́ ста́рых, но и не молоды́х холостяко́в. Ра́зве вы нас че́м-нибудь поте́шите, Влади́мир Петро́вич?

— Моя́ пе́рвая любо́вь принадлежи́т действи́тельно к числу́ не совсе́м обыкнове́нных, — отве́тил с небольшо́й запи́нкой Влади́мир Петро́вич, челове́к лет сорока́, черноволо́сый, с про́седью.

— А! — промо́лвили хозя́ин и Серге́й Никола́евич в оди́н го́лос. — Тем лу́чше . . . Расска́зывайте.

— Изво́льте . . . и́ли нет: расска́зывать я не ста́ну; я не ма́стер расска́зывать: выхо́дит су́хо и ко́ротко и́ли простра́нно и фальши́во; а е́сли позво́лите, я запишу́ всё, что вспо́мню, в тетра́дку — и прочту́ вам.

Прия́тели сперва́ не согласи́лись, но Влади́мир Петро́вич настоя́л на своём. Че́рез две неде́ли они́ опя́ть сошли́сь, и Влади́мир Петро́вич сдержа́л своё обеща́ние.

Вот что стоя́ло в его́ тетра́дке:

I

Мне бы́ло тогда́ шестна́дцать лет. Де́ло происходи́ло ле́том 1833 го́да.

Я жил в Москве́ у мои́х роди́телей. Они́ нанима́ли да́чу о́коло Калу́жской заста́вы, про́тив Нешку́чного. Я гото́вился в университет, но рабо́тал о́чень ма́ло и не торопя́сь.

Никто́ не стесня́л моéй свобо́ды. Я де́лал, что хоте́л, осо́бенно с тех пор, как я расста́лся с после́дним мои́м гувернёром-францу́зом, кото́рый ника́к не мог привы́кнуть к мы́сли, что он упа́л «как бо́мба» (comme une bombe) в Росси́ю, и с ожесточённым выраже́нием на лице́ по це́лым дням валя́лся на посте́ли. Оте́ц обходи́лся со мной равноду́шно-ла́сково; ма́тушка почти́ не обраща́ла на меня́ внима́ния, хотя́ у ней, кро́ме меня́, не́ было дете́й: други́е забо́ты её поглоща́ли. Мой оте́ц, челове́к ещё молодо́й и о́чень краси́вый, жени́лся на ней по расчёту; она́ была́ ста́рше его́ десятью́ года́ми. Ма́тушка моя́ вела́ печа́льную жизнь: беспреста́нно волнова́лась, ревнова́ла, серди́лась — но не в прису́тствии отца́; она́ о́чень его́ боя́лась, а он держа́лся стро́го, хо́лодно, отдалённо... Я не вида́л челове́ка бо́лее изы́сканно споко́йного, самоуве́ренного и самовла́стного.

Я никогда́ не забу́ду пе́рвых неде́ль, проведённых мно́ю на да́че. Пого́да стоя́ла чуде́сная; мы перее́хали из го́рода девя́того ма́я, в са́мый Нико́лин день. Я гуля́л — то в саду́ на́шей да́чи, то по Нееску́чному, то за заста́вой; брал с собо́ю каку́ю-нибудь кни́гу — курс Кайда́нова, наприме́р, — но ре́дко её развёртывал, а бо́льше вслух чита́л стихи́, кото́рых знал о́чень мно́го на па́мять; кровь броди́ла во мне, и се́рдце ны́ло — так сла́дко и смешно́: я всё ждал, робе́л чего́-то и всему́ диви́лся и весь был наготове; фанта́зия игра́ла и носи́лась бы́стро вокру́г одни́х и тех же представле́ний, как на заре́ стрижи́ вокру́г колоко́льни; я заду́мывался, грусти́л и да́же пла́кал; но и сквозь слёзы и сквозь грусть, наве́янную то певу́чим стихо́м, то красото́ю ве́чера, проступа́ло, как весе́нняя тра́вка, ра́достное чу́вство молодо́й, закипа́ющей жи́зни.

У меня́ была́ верхова́я лоша́дка, я сам её седла́л и уезжа́л оди́н куда́-нибудь пода́льше, пуска́лся вскачь и вообража́л себя́ ры́царем на турни́ре — как ве́село дул мне в у́ши ве́тер! — и́ли, обрати́в лицо́ к не́бу, принима́л его́ сия́ющий свет и лазу́рь в разве́рстую ду́шу.

По́мнится, в то вре́мя о́браз же́нщины, при́зрак же́нской любви́ почти́ никогда́ не возника́л определёнными очерта́ниями в моём уме́; но во всём, что я ду́мал, во всём, что я ощуща́л, таи́лось полусо́знанное, стыдли́вое предчу́вствие чего́-то но́вого, несказа́нно сла́дкого, же́нского . . .

Э́то предчу́вствие, э́то ожида́ние прони́кло весь мой соста́в: я дыша́л им, оно́ кати́лось по мои́м жи́лам в ка́ждой ка́пле кро́ви . . . ему́ бы́ло суждено́ ско́ро сбы́ться.

Да́ча на́ша состоя́ла из деревя́нного ба́рского до́ма с коло́ннами и двух ни́зеньких флигелько́в; во фли́геле нале́во помеща́лась кро́хотная фа́брика дешёвых обо́ев... Я не раз ха́живал туда́ смотре́ть, как деся́ток худы́х и взъеро́шенных мальчи́шек в заса́ленных хала́тах и с испиты́ми ли́цами то и де́ло вска́кивали на деревя́нные рычаги́, нажима́вшие четырёхуго́льные обру́бки пре́сса, и таки́м о́бразом тя́жестью свои́х тщеду́шных тел выти́скивали пёстрые узо́ры обо́ев. Флигелёк напра́во стоя́л пусто́й и отдава́лся внаймы́. В оди́н день — неде́ли три спустя́ по́сле девя́того ма́я — ста́вни в о́кнах э́того флигелька́ откры́лись, показа́лись в них же́нские ли́ца — како́е-то семе́йство в нём посели́лось. По́мнится, в тот же день за обе́дом ма́тушка осве́домилась у дворе́цкого о том, кто́ бы́ли на́ши но́вые сосе́ди, и, услыха́в фами́лию княги́ни Засе́киной, сперва́ промо́лвила не без не́которого уваже́ния: «А! княги́на . . . — а пото́м приба́вила: — Должно́ быть, бе́дная кака́я-нибудь».

— На трёх изво́зчиках прие́хали-с, — заме́тил, почти́тельно подава́я блю́до, дворе́цкий, — своего́ экипа́жа не име́ют-с, и ме́бель са́мая пуста́я.

— Да, — возрази́ла ма́тушка, — а всё-таки лу́чше.

Оте́ц хо́лодно взгляну́л на неё: она́ умо́лкла.

Действи́тельно, княги́на Засе́кина не могла́ быть бога́той же́нщиной: на́нятый е́ю флигелёк был так ветх, и мал, и ни́зок, что лю́ди, хотя́ не́сколько зажи́точные, не согласи́лись бы посели́ться в нём. Впро́чем, я тогда́ пропусти́л э́то всё ми́мо ушей. Кня́жеский ти́тул на меня́ ма́ло де́йствовал: я неда́вно прочёл «Разбо́йников» Ши́ллера.

II

У меня́ была́ привы́чка броди́ть ка́ждый ве́чер с ружьём по на́шему са́ду и карау́лить воро́н. К э́тим осторо́жным, хи́щным и лука́вым пти́цам я и́здавна чу́вствовал не́нависть. В день, о кото́ром зашла́ речь, я та́кже отпра́вился в сад — и, напра́сно исходи́в все алле́и (воро́ны меня́ призна́ли и то́лько и́здали отры́висто ка́ркали), случа́йно прибли́зился к ни́зкому забо́ру, отделя́вшему со́бственно *на́ши* владе́ния от у́зенькой полосы́ са́да, простира́вшейся за флигелько́м напра́во и принадлежа́вшей к нему́. Я шёл поту́пя го́лову. Вдруг мне послы́шались голоса́; я взгляну́л че́рез забо́р — и окамене́л . . . Мне предста́вилось стра́нное зре́лище.

В не́скольких шага́х от меня́ — на поля́не, ме́жду куста́ми зелёной мали́ны, стоя́ла высо́кая, стро́йная де́вушка в полоса́том ро́зовом пла́тье и с бе́лым плато́чком на голове́; вокру́г неё тесни́лись четы́ре молоды́е челове́ка, и она́ поочерёдно хло́пала их по лбу те́ми небольши́ми се́рыми цветка́ми, кото́рых и́мени я не зна́ю, но кото́рые хорошо́ знако́мы де́тям: э́ти цветки́ образу́ют небольши́е мешо́чки и разрыва́ются с тре́ском, когда́ хло́пнешь и́ми по чему́-нибудь твёрдому. Молоды́е лю́ди так охо́тно подставля́ли свои́ лбы — а в движе́ниях де́вушки (я её ви́дел сбо́ку) бы́ло что́-то тако́е очарова́тельное, повели́тельное, ласка́ющее, насме́шливое и ми́лое, что я чуть не вскри́кнул от удивле́ния и удово́льствия и, ка́жется, тут же бы о́тдал всё на све́те, что́бы то́лько и меня́ э́ти преле́стные па́льчики хло́пнули по лбу. Ружьё моё соскользну́ло на траву́, я всё забы́л, я пожира́л взо́ром э́тот стро́йный стан, и ше́йку, и краси́вые ру́ки и слегка́ растрёпанные белоку́рые во́лосы под бе́лым плато́чком, и э́тот полузакры́тый, у́мный глаз, и э́ти ресни́цы, и не́жную щёку под ни́ми . . .

— Молодо́й челове́к, а молодо́й челове́к, — проговори́л вдруг по́дле меня́ че́й-то го́лос, — ра́зве позволи́тельно гляде́ть так на чужи́х ба́рышень?

Я вздро́гнул весь, я обомле́л . . . Во́зле меня́ за забо́ром стоя́л како́й-то челове́к с ко́ротко остри́женными чёрными волоса́ми и ирони́чески посма́тривал на меня́. В э́то са́мое мгнове́ние и де́вушка оберну́лась ко мне . . . Я увида́л огро́мные се́рые глаза́ на подви́жном, оживлённом лице́ — и всё э́то лицо́ вдруг задрожа́ло, засмея́лось, бе́лые зу́бы сверкну́ли на нём, бро́ви ка́к-то заба́вно подняли́сь . . . Я вспы́хнул, схвати́л с земли́ ружьё и, пресле́дуемый зво́нким, но не злым хохота́ньем, убежа́л к себе́ в ко́мнату, бро́сился на посте́ль и закры́л лицо́ рука́ми. Се́рдце во мне так и пры́гало; мне бы́ло о́чень сты́дно и ве́село: я чу́вствовал небыва́лое волне́ние.

Отдохну́в, я причеса́лся, почи́стился и сошёл вниз к ча́ю. О́браз молодо́й де́вушки носи́лся пе́редо мно́ю, се́рдце переста́ло пры́гать, но ка́к-то прия́тно сжима́лось.

— Что́ с тобо́й? — внеза́пно спроси́л меня́ оте́ц, — уби́л воро́ну?

Я хоте́л было всё рассказа́ть ему́, но удержа́лся и то́лько улыбну́лся про себя́. Ложа́сь спать, я, сам не зна́ю заче́м, ра́за три поверну́лся на одно́й ноге́, напома́дился, лёг и всю ночь, спал как уби́тый. Пе́ред у́тром я просну́лся на мгнове́нье, припо́днял го́лову, посмотре́л вокру́г себя́ с восто́ргом — и опя́ть засну́л.

III

«Как бы с ни́ми познако́миться?» — бы́ло пе́рвою мое́ю мы́слью, как то́лько я просну́лся поутру́. Я пе́ред ча́ем отпра́вился в сад, но не подходи́л сли́шком бли́зко к забо́ру и никого́ не ви́дел. По́сле ча́ю я прошёлся не́сколько раз по у́лице пе́ред да́чей — и и́здали загля́дывал в о́кна . . . Мне почу́дилось за за́навеской *её* лицо́, и я с испу́гом поскоре́е удали́лся. «Однако на́до же познако́миться, — ду́мал я, беспоря́дочно расха́живая по песча́ной равни́не, расстила́вшейся пе́ред Нееску́чным, — но как? Вот в чём вопро́с». Я припомина́л мале́йшие подро́бности вчера́шней встре́чи: мне почему́-то осо́бенно я́сно представля́лось, как э́то она́ посмея́лась на́до мно́ю . . . Но, пока́ я волнова́лся и стро́ил разли́чные пла́ны, судьба́ уже́ порадéла обо мне.

В моё отсу́тствие ма́тушка получи́ла от но́вой свое́й сосе́дки письмо́ на се́рой бума́ге, запеча́танной бу́рым сургучо́м, како́й употребля́ется то́лько на почто́вых пове́стках да на про́бках дешёвого вина́. В э́том письме́, напи́санном безгра́мотным языко́м и неопря́тным по́черком, княги́ня проси́ла ма́тушку оказа́ть ей покрови́тельство: ма́тушка моя́, по слова́м княги́ни, была́ хорошо́ знако́ма с значи́тельными людьми́, от кото́рых зави́села её у́часть и у́часть её дете́й, так как у ней бы́ли о́чень ва́жные проце́ссы. «Я квам обраща́юсь, — писа́ла она́, — как благоро́дная да́ма хблагоро́дной да́ме, и при том мне пре́ятно воспо́льзоватца сим слу́чаем». Конча́я, она́ проси́ла у ма́тушки позволе́ния яви́ться к ней. Я заста́л ма́тушку в неприя́тном расположе́нии ду́ха: отца́ не́ было до́ма, и ей не́ с кем бы́ло посове́товаться. Не отвеча́ть «благоро́дной да́ме», да ещё княги́не, бы́ло невозмо́жно, а как отвеча́ть — ма́тушка недоумева́ла. Написа́ть запи́ску по-францу́зски каза́лось ей неуме́стным, а в ру́сской орфогра́фии сама́ ма́тушка не была́ сильна́ — и зна́ла э́то — и не хоте́ла компромети́роваться. Она́ обрадовалась моему́ прихо́ду и то́тчас приказа́ла мне сходи́ть к княги́не и на слова́х объясни́ть ей, что ма́тушка, мол, мо́я всегда́ гото́ва оказа́ть её сия́тельству, по ме́ре сил, услу́гу и про́сит её пожа́ловать к ней часу́ в пе́рвом. Неожи́данно бы́строе исполне́ние мои́х та́йных жела́ний меня́ и обра́довало и испуга́ло; одна́ко я не вы́казал овладе́вшего мно́ю смуще́ния — и предвари́тельно отпра́вился к себе́ в ко́мнату, что́бы наде́ть но́венький га́лстук и сюртучо́к: до́ма я ещё ходи́л в ку́ртке и в отложны́х воротничка́х, хотя́ о́чень и́ми тяготи́лся.

IV

В те́сной и неопря́тной пере́дней флигелька́, куда́ я вступи́л с нево́льной дро́жью во всём те́ле, встре́тил меня́ ста́рый и седо́й слуга́ с тёмным, ме́дного цве́та, лицо́м, свины́ми, угрю́мными гла́зками и таки́ми глубо́кими морщи́нами на лбу и на виска́х, каки́х я в жи́зни не ви́дывал. Он нёс на таре́лке обгло́данный хребе́т селёдки и, притворя́я ного́ю дверь, веду́щую в другу́ю ко́мнату, отры́висто, проговори́л:

— Чего́ вам?

— Княги́ня Засе́кина до́ма? — спроси́л я.

— Вонифа́тий! — закрича́л из-за две́ри дребезжа́щий же́нский го́лос.

Слуга́ мо́лча поверну́лся ко мне спино́ю, причём обнару́жилась си́льно истёртая спи́нка его́ ливре́и, с одино́кой порыже́лой ге́рбовой пу́говицей, и ушёл, поста́вив таре́лку на́ пол.

— В кварта́л ходи́л? — повтори́л тот же же́нский го́лос. Слуга́ пробормота́л что́-то. — А? . . . Пришёл кто́-то? . . . — послы́шалось опя́ть. — Барчу́к сосе́дний? Ну, проси́.

— Пожа́луйте-с в гости́ную, — проговори́л слуга́, появи́вшись сно́ва пе́редо мно́ю и поднима́я таре́лку с по́лу.

Я опра́вился и вошёл в «гости́ную».

Я очути́лся в небольшо́й и не совсе́м опря́тной ко́мнате с бе́дной, сло́вно на́скоро расста́вленной ме́белью.

У окна́, на кре́сле с отло́манной ру́чкой, сиде́ла же́нщина лет пяти́десяти, простоволо́сая и некраси́вая, в зелёном ста́ром пла́тье и с пёстрой га́русной косы́нкой вокру́г ше́и. Её небольши́е чёрные гла́зки так и впили́сь в меня́.

Я подошёл к ней и раскла́нялся.

— Я име́ю честь говори́ть с княги́ней Засе́киной?

— Я княги́ня Засе́кина; а вы сын господи́на В.?

— То́чно так-с. Я пришёл к вам с поруче́нием от ма́тушки.

— Сади́тесь, пожа́луйста. Вонифа́тий! где мои́ ключи́, не вида́л?

Я сообщи́л г-же Засе́киной отве́т мое́й ма́тушки на её запи́ску. Она́ вы́слушала меня́, посту́кивая то́лстыми кра́сными па́льцами по око́ннице, а когда́ я ко́нчил, ещё раз уста́вилась на меня́.

— О́чень хорошо́; непреме́нно бу́ду, — промо́лвила она́, наконе́ц. — А как вы ещё мо́лоды! Ско́лько вам лет, позво́льте спроси́ть?

— Шестна́дцать лет, — отвеча́л я с нево́льной запи́нкой.

Княги́на доста́ла из карма́на каки́е-то испи́санные, заса́ленные бума́ги, поднесла́ их к са́мому но́су и приняла́сь перебира́ть их.

— Го́ды хоро́шие, — произнесла́ она́ внеза́пно, повора́чиваясь и ёрзая на сту́ле. — А вы,пожа́луйста,бу́дьте без церемо́нии. У меня́ про́сто.

«Сли́шком про́сто», — поду́мал я, с нево́льной гадли́востью оки́дывая взо́ром всю её неблагообра́зную фигу́ру.

В э́то мгнове́нье друга́я дверь гости́ной бы́стро распахну́лась и на поро́ге появи́лась де́вушка, кото́рую я виде́л накану́не в саду́. Она́ подняла́ ру́ку, и на лице́ её мелькну́ла усме́шка.

— А вот и дочь моя́, — промо́лвила княги́на, указа́в на неё ло́ктем. — Зи́ночка, сын на́шего сосе́да, господи́на В. Как вас зову́т, позво́льте узна́ть?

— Влади́миром, — отвеча́л я, встава́я и пришепётывая от волне́ния.

— А по ба́тюшке?

— Петро́вичем.

— Да! У меня́ был полицеймéйстер знако́мый, то́же Влади́миром Петро́вичем зва́ли. Вонифа́тий! не ищи́ ключе́й, ключи́ у меня́ в карма́не.

Молода́я де́вушка продолжа́ла гляде́ть на меня́ с пре́жней усме́шкой, слегка́ щу́рясь и склони́в голо́вку немно́го на́бок.

— Я уже́ ви́дела мсьё Вольдемара, — начала́ она́. (Серебри́стый звук её го́лоса пробежа́л по мне каки́м-то сла́дким холодко́м.) — Вы мне позволи́те так называ́ть вас?

— Поми́луйте-с, — пролепета́л я.

— Где э́то? — спроси́ла княги́на.

Княжна́ не отвеча́ла свое́й ма́тери.

— Вы тепе́рь за́няты? — промо́лвила она́, не спуска́я с меня́ глаз.

— Ника́к нет-с.

— Хоти́те вы мне помо́чь шерсть распу́тать? Поди́те сюда́, ко мне.

Она́ кивну́ла мне голово́й и пошла́ вон из гости́ной. Я отпра́вился вслед за ней.

В ко́мнате, куда́ мы вошли́, ме́бель была́ немно́го полу́чше и расставлена́ с бо́льшим вку́сом. Впро́чем, в э́то мгнове́нье я почти́ ничего́ заме́тить не мог: я дви́гался как во сне и ощуща́л во всём соста́ве своём како́е-то до глу́пости напряжённое благополу́чие.

Княжна́ се́ла, доста́ла свя́зку кра́сной ше́рсти и, указа́в мне на стул про́тив неё, стара́тельно развяза́ла свя́зку и положи́ла мне её на́ руки. Всё э́то она́ де́лала мо́лча, с како́й-то заба́вной медли́тельностью и с той же све́тлой и лука́вой усме́шкой на чуть-чуть раскры́тых губа́х. Она́ начала́ нама́тывать шерсть на пере́гнутую ка́рту и вдруг озари́ла меня́ таки́м я́сным и бы́стрым взгля́дом, что я нево́льно поту́пился. Когда́ её глаза́, бо́льшею ча́стью полуприщу́ренные, открыва́лись во всю величину́ свою́, — её лицо́ изменя́лось соверше́нно: то́чно свет пролива́лся по нём.

— Что вы поду́мали обо мне вчера́, мсьё Вольдема́р? — спроси́ла она́ погодя́ немно́го. — Вы, наве́рно, осуди́ли меня́?

— Я . . . княжна́ . . . я ничего́ не ду́мал . . . как я могу́ . . . — отвеча́л я с смуще́нием.

— Послу́шайте, — возрази́ла она́. — Вы меня́ ещё не зна́ете: я престра́нная; я хочу́, чтоб мне всегда́ пра́вду говори́ли. Вам, я слы́шала, шестна́дцать лет, а мне два́дцать оди́н: вы ви́дите, я гора́здо ста́рше вас, и потому́ вы всегда́ должны́ мне говори́ть пра́вду . . . и слу́шаться меня́, — приба́вила она́. — Гляди́те на меня́ — отчего́ вы на меня́ не гляди́те?

Я смути́лся ещё бо́лее, одна́ко по́днял на неё глаза́. Она́ улыбну́лась, то́лько не пре́жней, а друго́й, одобри́тельной улы́бкой.

— Гляди́те на меня́, — промо́лвила она́, ла́сково понижа́я го́лос, — мне э́то не неприя́тно . . . Мне ва́ше лицо́ нра́вится; я предчу́вствую, что мы бу́дем друзья́ми. А я вам нра́влюсь? — приба́вила она́ лука́во.

— Княжна́ . . . — на́чал было я.

— Во-пе́рвых, называ́йте меня́ Зинаи́дой Алекса́ндровной, а во-вторы́х, — что э́то за привы́чка у дете́й (она́ попра́вилась) — у молоды́х люде́й — не говори́ть пря́мо то, что они́ чу́вствуют? Э́то хорошо́ для взро́слых. Ведь я вам нра́влюсь?

Хотя́ мне о́чень бы́ло приятно, что она́ так открове́нно со мной говори́ла, одна́ко я немно́го оби́делся. Я хоте́л показа́ть ей, что она́ име́ет де́ло не с ма́льчиком, и, приня́в по возмо́жности развя́зный и серьёзный вид, промо́лвил:

— Коне́чно, вы о́чень мне нра́витесь, Зинаи́да Алекса́ндорвна; я не хочу́ э́то скрыва́ть.

Она́ с расстано́вкой покача́ла голово́й.

— У вас есть гувернёр? — спроси́ла она́ вдруг.

— Нет, у меня́ уже́ давно́ нет гувернёра.

Я лгал; ещё ме́сяца не прошло́ с тех пор, как я расста́лся с мои́м францу́зом.

— О! да я ви́жу — вы совсе́м большо́й.

Она́ лего́нько уда́рила меня́ по па́льцам.

— Держи́те пря́мо ру́ки! — И она́ приле́жно заняла́сь нама́тыванием клубка́.

Я воспо́льзовался тем, что она́ не поднима́ла глаз, и принялся́ её рассма́тривать, сперва́ укра́дкой, пото́м всё смеле́е и смеле́е. Лицо́ её показа́лось мне ещё преле́стнее, чем накану́не: так всё в нём бы́ло то́нко, у́мно и ми́ло. Она́ сиде́ла спино́й к окну́, заве́шенному бе́лой што́рой; со́лнечный луч, пробива́ясь сквозь э́ту што́ру, облива́л мя́гким све́том её пуши́стые, золоти́стые во́лосы, её неви́нную ше́ю, пока́тые пле́чи и не́жную, споко́йную грудь. Я гляде́л на неё — и как дорога́ и близка́ станови́лась она́ мне! Мне сдава́лось, что и давно́-то я её зна́ю и ничего́ не знал и не жил до неё . . . На ней бы́ло тёмненькое, уже́ поно́шенное пла́тье с пере́дником; я, ка́жется, охо́тно поласка́л бы ка́ждую скла́дку э́того пла́тья и э́того пере́дника. Ко́нчики её боти́нок выгля́дывали из-под её пла́тья: я бы с обожа́нием преклони́лся к э́тим боти́нкам . . . «И вот я сижу́ пе́ред ней, — поду́мал я, — я с ней познако́мился . . . како́е сча́стие Бо́же мой!» Я чуть не соскочи́л со сту́ла от восто́рга, но то́лько нога́ми немно́го поболта́л, как ребёнок, кото́рый ла́комится.

Мне бы́ло хорошо́, как ры́бе в воде́, и я бы век не ушёл из э́той ко́мнаты, не поки́нул бы э́того ме́ста.

Её ве́ки ти́хо подняли́сь, и опя́ть ла́сково засия́ли пе́редо мно́ю её све́тлые глаза́ — и опя́ть она́ усмехну́лась.

— Как вы на меня́ смо́трите, — ме́дленно проговори́ла она́ и погрози́ла мне па́льцем.

Я покрасне́л . . . «Она́ всё понима́ет, она́ всё ви́дит, — мелькну́ло у меня́ в голове́. — И как ей всего́ не понима́ть и не ви́деть!»

Вдруг что́-то застуча́ло в сосе́дней ко́мнате — зазвене́ла са́бля.

— Зи́на! — закрича́ла в гости́ной княги́ня, — Белозво́ров принёс тебе́ котёнка.

— Котёнка! — воскли́кнула Зинаи́да и, стреми́тельно подня́вшись со сту́ла, бро́сила клубо́к мне на коле́ни и вы́бежала вон.

Я то́же встал и, положи́в свя́зку ше́рсти и клубо́к на око́нницу, вы́шел в гости́ную и останови́лся в недоуме́нии. Посреди́не ко́мнаты лежа́л, растопы́ря ла́пки, полоса́тый котёнок; Зинаи́да стоя́ла пе́ред ним на коле́нях и осторо́жно поднима́ла ему́ мо́рдочку. Во́зле княги́ни, заслони́в почти́ весь просте́нок ме́жду о́кнами, видне́лся белоку́рый и курча́вый молоде́ц, гуса́р с румя́ным лицо́м и глаза́ми навы́кате.

— Како́й смешно́й! — тверди́ла Зинаи́да, — и глаза́ у него́ не се́рые, а зелёные, и у́ши каки́е больши́е! Спаси́бо вам, Ви́ктор Его́рыч! Вы о́чень ми́лы.

Гуса́р, в кото́ром я узна́л одного́ из ви́денных мно́ю накану́не молоды́х люде́й, улыбну́лся и поклони́лся, причём щёлкнул шпо́рами и бря́кнул коле́чками са́бли.

— Вам уго́дно бы́ло вчера́ сказа́ть, что вы жела́ете име́ть полоса́того котёнка с больши́ми уша́ми . . . вот я и доста́л-с. Сло́во — зако́н. — И он опя́ть поклони́лся.

Котёнок сла́бо пи́скнул и на́чал ню́хать пол.

— Он го́лоден! — воскли́кнула Зинаи́да. — Вонифа́тий! Со́ня! принеси́те молока́.

Го́рничная, в ста́ром жёлтом пла́тье с полиня́лым плато́чком на ше́е, вошла́ с блю́дечком молока́ в руке́ и поста́вила его́ пе́ред котёнком. Котёнок дро́гнул, зажму́рился и принялся́ лака́ть.

— Како́й у него́ ро́зовый язычо́к, — заме́тила Зинаи́да, пригну́в го́лову почти́ к по́лу и загля́дывая ему́ сбо́ку под са́мый нос.

Котёнок насы́тился и замурлы́кал, жема́нно перебира́я ла́пками. Зинаи́да вста́ла и, оберну́вшись к го́рничной, равноду́шно промо́лвила:

— Унеси́ его́.

— За котёнка — ру́чку, — проговори́л гуса́р, оскла́-

бя́сь и передёрвнув всем свои́м могу́чим те́лом, ту́го затя́нутым в но́вый мунди́р.

— О́бе, — возрази́ла Зинаи́да и протяну́ла к нему́ ру́ки. Пока́ он целова́л их, она́ смотре́ла на меня́ че́рез плечо́.

Я стоя́л неподви́жно на одно́м ме́сте и не знал — засмея́ться ли мне, сказа́ть ли что́-нибудь, и́ли так промолча́ть. Вдруг, сквозь раскры́тую дверь пере́дней, мне бро́силась в глаза́ фигу́ра на́шего лаке́я Фёдора. Он де́лал мне зна́ки. Я машина́льно вы́шел к нему.

— Что ты? — спроси́л я.

— Ма́менька присла́ли за ва́ми, — проговори́л он шёпотом. — Оне́ гнева́ются, что вы с отве́том не воро́чаетесь.

— Да ра́зве я давно́ здесь?

— Час с ли́шком.

— Час с ли́шком! — повтори́л я нево́льно и, верну́вшись в гости́ную, на́чал раскла́ниваться и ша́ркать нога́ми.

— Куда́ вы? — спроси́ла меня́ княжна́, взгляну́в из-за гуса́ра.

— Мне ну́жно домо́й-с. Так я скажу́, — приба́вил я, обраща́ясь к стару́хе, — что вы пожа́луете к нам во второ́м часу́.

— Так и скажи́те, ба́тюшка.

Княги́ня тороплѝво доста́ла табаке́рку и так шу́мно поню́хала, что я да́же вздро́гнул.

— Так и скажи́те, — повтори́ла она́, слезли́во морга́я и кряхтя́.

Я ещё раз поклони́лся, поверну́лся и вы́шел из ко́мнаты с тем чу́вством нело́вкости в спине́, кото́рое ощуща́ет о́чень молодо́й челове́к, когда́ он зна́ет, что ему́ глядя́т вслед.

— Смотри́те же, мсьё Вольдема́р, заходи́те к нам, — кри́кнула Зинаи́да и опя́ть рассмея́лась.

«Что э́то она́ всё смеётся?» — ду́мал я, возвраща́ясь

домóй в сопровождéнии Фёдора, котóрый ничегó мне не говори́л, но дви́гался за мной неодобри́тельно. Мáтушка меня́ побрани́ла и удиви́лась: что я мог так дóлго дéлать у э́той княги́ни? Я ничегó не отвечáл ей и отпрáвился к себé в кóмнату. Мне вдруг стáло óчень грýстно . . . Я си́лился не плáкать . . . Я ревновáл к гусáру.

V

Княги́ня, по обещáнию, навести́ла мáтушку и не понрáвилась ей. Я не присýтствовал при их свидáнии, но за столóм мáтушка расскáзывала отцý, что э́та княги́ня Засéкина ей кáжется une femme très vulgaire, что онá óчень ей надоéла свои́ми прóсьбами ходáтайствовать за неё у князя́ Серги́я, что у ней всё каки́е-то тя́жбы и делá — des vilaines affaires d'argent — и что онá должнá быть вели́кая кля́узница. Мáтушка, однáко же, прибáвила, что онá позвалá её с дóчерью на зáвтрашний день обéдать (услыхáв слóво «с дóчерью», я уткнýл нос в тарéлку), — потомý что онá всё-таки сосéдка, и с и́менем. На э́то отéц объяви́л мáтушке, что он тепéрь припоминáет, какáя э́то госпожá;что он в мóлодости знал покóйного князя́ Засéкина, отли́чно воспи́танного, но пустóго и вздóрного человéка; что егó в óбществе звáли «le Parisien», по причи́не егó дóлгого житья́ в Пари́же; что он был óчень богáт, но проигрáл всё своё состоя́ние — и неизвéстно почемý, чуть ли не из-за дéнег, — впрóчем, он бы мог лýчше вы́брать, — прибáвил отéц и хóлодно улыбнýлся. — жени́лся на дóчери какóго-то прикáзного, а жени́вшись, пусти́лся в спекуля́ции и разори́лся окончáтельно.

— Как бы онá дéнег взаймы́ не попроси́ла, — замéтила мáтушка.

— Э́то весьмá возмóжно, — спокóйно промóлвил отéц. — Говори́т онá по-францýзски?

— Óчень плóхо.

— Гм. Впрóчем, э́то всё равнó. Ты мне, кáжется,

сказа́ла, что ты и дочь её позвала́; меня́ кто́-то уверя́л, что она́ о́чень ми́лая и образо́ванная де́вушка.

— А! Ста́ло быть, она́ не в мать.

— И не в отца́, — возрази́л оте́ц. — Тот был то́же образо́ван, да глуп.

Ма́тушка вздохну́ла и заду́малась. Оте́ц умо́лк. Мне бы́ло о́чень нело́вко в тече́ние э́того разгово́ра.

По́сле обе́да я отпра́вился в сад, но без ружья́. Я дал было себе́ сло́во не подходи́ть к «засе́кинскому са́ду», но неотрази́мая си́ла влекла́ меня́ туда́ — и неда́ром. Не успе́л я прибли́зиться к забо́ру, как уви́дел Зинаи́ду. На э́тот раз она́ была́ одна́. Она́ держа́ла в рука́х кни́жку и ме́дленно шла по доро́жке. Она́ меня́ не замеча́ла.

Я чуть-чуть не пропусти́л её; но вдруг спохвати́лся и ка́шлянул.

Она́ оберну́лась, но не останови́лась, отвела́ руко́ю широ́кую голубу́ю ле́нту свое́й кру́глой соло́менной шля́пы, посмотре́ла на меня́, тихо́нько улыбну́лась и опя́ть устреми́ла глаза́ в кни́жку.

Я снял фура́жку и, помя́вшись немно́го на ме́сте, пошёл прочь с тяжёлым се́рдцем. «Que suis-je pour elle?» — поду́мал я (Бог зна́ет почему́) по-францу́зски.

Знако́мые шаги́ раздали́сь за мно́ю: я огляну́лся — ко мне свое́й быстрой и лёгкой похо́дкой шёл оте́ц.

— Э́то княжна́? — спроси́л он меня́.

— Княжна́.

— Ра́зве ты её зна́ешь?

— Я её ви́дел сего́дня у́тром у княги́ни.

Оте́ц останови́лся и, кру́то поверну́вшись на каблука́х, пошёл наза́д. Поравня́вшись с Зинаи́дой, он ве́жливо ей поклони́лся. Она́ та́кже ему́ поклони́лась, не без не́которого изумле́ния на лице́, и опусти́ла кни́гу. Я ви́дел, как она́ провожа́ла его́ глаза́ми. Мой оте́ц всегда́ одева́лся о́чень изя́щно, своеобра́зно и про́сто; но никогда́ его́ фигу́ра не показа́лась мне бо́лее стро́йной, никогда́ его́ се́рая шля́па не сиде́ла краси́вее на его́ едва́ поре́девших кудря́х.

Я напра́вился было к Зинаи́де, но она́ да́же не взгляну́ла на меня́, сно́ва приподняла́ кни́гу и удали́лась.

VI

Це́лый ве́чер и сле́дующее у́тро я провёл в како́м-то уны́лом онеме́нии. По́мнится, я попыта́лся рабо́тать и взя́лся за Кайда́нова — но напра́сно мелька́ли пе́редо мно́ю разго́нистые стро́чки и страни́цы знамени́того уче́бника. Де́сять раз сря́ду, прочёл я слова́: «Ю́лий Це́зарь отлича́лся во́инской отва́гой» — не по́нял ничего́ и бро́сил кни́гу. Пе́ред обе́дом я опя́ть напома́дился и опя́ть наде́л сюртучо́к и га́лстук.

— Э́то заче́м? — спроси́ла ма́тушка. — Ты ещё не студе́нт, и Бог зна́ет, вы́держишь ли ты экза́мен. Да и давно́ ли тебе́ сши́ли ку́ртку? Не броса́ть же её!

— Го́сти бу́дут! — прошепта́л я почти́ с отча́янием.

— Вот вздор! каки́е э́то го́сти!

На́до бы́ло покори́ться. Я замени́л сюртучо́к ку́рткой, но га́лстука не снял. Княги́ня с до́черью яви́лась за полчаса́ до обе́да; стару́ха сверх зелёного, уже́ знако́мого мне пла́тья наки́нула жёлтую шаль и наде́ла старомо́дный чепе́ц с ле́нтами о́гненного цве́та. Она́ то́тчас заговори́ла о свои́х векселя́х, вздыха́ла, жа́ловалась на свою́ бе́дность, «каню́чила», но нисколько не чини́лась: так же шу́мно ню́хала таба́к, так же свобо́дно повора́чивалась и ёрзала на сту́ле. Ей как бу́дто и в го́лову не входи́ло, что она́ княги́ня. Зато́ Зинаи́да держа́ла себя́ о́чень стро́го, почти́ надме́нно, настоя́щей княжно́й. На лице́ её появи́лась холо́дная неподви́жность и ва́жность — и я не узнава́л её, не узнава́л её взгля́дов, её улы́бки, хотя́ и в э́том но́вом ви́де она́ мне каза́лась прекра́сной. На ней бы́ло лёгкое баре́жевое пла́тье с бле́дно-си́ними разво́дами; во́лосы её па́дали дли́нными ло́конами вдоль щёк — на англи́йский мане́р; э́та причёска шла к холо́дному выраже́нию её лица́. Оте́ц мой сиде́л во́зле неё во вре́мя обе́да и со сво́йственной ему́ изя́щной и споко́йной ве́жливостью занима́л свою́ сосе́дку. Он и́зредка взгля́дывал на неё — и она́ и́зредка на него́ взгля́дывала, да так стра́нно, почти́ вражде́бно. Разгово́р у них шёл по-францу́зски; меня́, по́мнится, удиви́ла чистота́ Зинаи́дина произноше́ния. Княги́ня, во вре́мя стола́, по-пре́жнему ниче́м не стесня́лась, мно́го е́ла и хвали́ла ку́шанья. Ма́тушка ви́димо е́ю тяготи́лась и отвеча́ла ей с каки́м-то гру́стным пренебреже́нием; оте́ц и́зредка чуть-чуть мо́рщил бро́ви. Зинаида та́кже не понра́вилась ма́тушке.

— Это кака́я-то гордя́чка, — говори́ла она́ на сле́дующий день. — И поду́маешь — чего́ горди́ться — avec sa mine de grisette!

— Ты, ви́дно, не вида́ла гризе́ток, — заме́тил ей оте́ц.

— И сла́ва Бо́гу!

— Разуме́ется, сла́ва Бо́гу . . . то́лько как же ты мо́жешь суди́ть о них?

На меня́ Зинаи́да не обраща́ла реши́тельно никако́го внима́ния. Ско́ро по́сле обе́да княги́ня ста́ла проща́ться.

— Бу́ду наде́яться на ва́ше покрови́тельство, Ма́рья Никола́евна и Пётр Васи́льич, — сказа́ла она́ нараспе́в ма́тушке и отцу́. — Что де́лать! Бы́ли времена́, да прошли́. Вот и я — сия́тельная, — приба́вила она́ с неприя́тным сме́хом, — да что за честь, ко́ли не́чего есть.

Оте́ц почти́тельно ей поклони́лся и проводи́л её до две́ри пере́дней. Я стоя́л тут же в свое́й ку́цей ку́ртке и гляде́л на́ пол, сло́вно к сме́рти приговорённый. Обраще́ние Зинаи́ды со мной меня́ оконча́тельно уби́ло. Каково́ же бы́ло моё удивле́ние, когда́, проходя́ ми́мо меня́, она́ скороговоро́ркой и с пре́жним ла́сковым выраже́нием в глаза́х шепну́ла мне:

— Приходи́те к нам в во́семь часо́в, слы́шите, непреме́нно . . .

Я то́лько развёл рука́ми — но она́ уже́ удали́лась, наки́нув на́ голову бе́лый шарф.

VII

Ро́вно в во́семь часо́в я в сюртуке́ и с припо́днятым на голове́ ко́ком входи́л в пере́днюю флигелька́, где жила́ княги́ня. Стари́к слуга́ угрю́мо посмотре́л на меня́ и неохо́тно подня́лся с ла́вки. В гости́ной раздава́лись весёлые голоса́. Я отвори́л дверь и отступи́л в изумле́нии. Посреди́ ко́мнаты, на сту́ле, стоя́ла княжна́ и держа́ла пе́ред собо́й мужску́ю шля́пу; вокру́г сту́ла толпи́лось пя́теро мужчи́н. Они́ стара́лись запусти́ть ру́ки в шля́пу, а она́ поднима́ла её кве́рху и си́льно встря́хивала е́ю. Уви́девши меня́, она́ вскри́кнула:

— Посто́йте, посто́йте! но́вый гость, на́до и ему́ дать биле́т, — и, легко́ соскочи́в со сту́ла, взяла́ меня́ за обшла́г сюртука́. — Пойдёмте же, — сказа́ла она́, — что вы стои́те? Messieurs, позво́льте вас познако́мить: э́то мсьё Вольдема́р, сын на́шего сосе́да. А э́то, — приба́вила она́, обраща́ясь ко мне и ука́зывая поочерёдно на госте́й, — граф Мале́вский, до́ктор Лу́шин, поэ́т Майда́нов, отставно́й капита́н Нирма́цкий и Беловзо́ров, гуса́р, кото́рого вы уже́ ви́дели. Прошу́ люби́ть да жа́ловать.

Я до того́ сконфу́зился, что да́же не поклони́лся никому́; в до́кторе Лу́шине я узна́л того́ са́мого чернома́зого господи́на, кото́рый так безжа́лостно меня́ пристыди́л в саду́; остальны́е бы́ли мне незнако́мы.

— Граф! — продолжа́ла Зинаи́да, — напиши́те мсьё Волдема́ру биле́т.

— Э́то, несправедли́во, — возрази́л с лёгким по́льским акце́нтом граф, о́чень краси́вый и щегольски́ оде́тый брюне́т, с вырази́тельными ка́рими глаза́ми, у́зким бе́лым но́сиком и то́нкими у́сиками над кро́шечным ртом. — Они́ не игра́ли с на́ми в фа́нты.

— Несправедли́во, — повтори́ли Беловзо́ров и господи́н, на́званный отставны́м капита́ном, челове́к лет сорока́, рябо́й до безобра́зия, курча́вый как ара́п, сутуловáтый, кривонóгий и одéтый в воéнный сюртýк без эполéт, нараспáшку.

— Пишúте билéт, говоря́т вам, — повторúла княжнá. — Это что за бунт? Мсьё Вольдемáр с нáми в пéрвый раз, и сегóдня для негó закóн не пúсан. Нéчего ворчáть, пишúте, я так хочý.

Граф пожáл плечáми, но наклонúл покóрно гóлову, взял перó в бéлую, пéрстнями укрáшенную рýку, оторвáл клочóк бумáги и стал писáть на нём.

— По крáйней мéре позвóльте объяснúть господúну Вольдемáру, в чём дéло, — нáчал насмéшливым гóлосом Лýшин, — а то он совсéм растеря́лся. Вúдите ли, молодóй человéк, мы игрáем в фáнты; княжнá подверглáсь штрáфу, и тот, комý вы́нется счастлúвый билéт, бýдет имéть прáво поцеловáть у ней рýчку. Пóняли ли вы, что я вам сказáл?

Я тóлько взглянýл на негó и продолжáл стоя́ть как отумáненный, а княжнá снóва вскочúла на стул и снóва принялáсь встря́хивать шля́пой. Все к ней потянýлись — и я за другúми.

— Майдáнов, — сказáла княжнá высóкому молодóму человéку с худощáвым лицóм, мáленькими слепы́ми глáзками и чрезвычáйно длúнными чёрными волосáми, — вы, как поэ́т, должны́ быть великодýшны и уступúть ваш билéт мсьё Вольдемáру, так чтóбы у негó бы́ло два шáнса вмéсто одногó.

Но Майдáнов отрицáтельно покачáл головóй и взмахнýл волосáми. Я пóсле всех опустúл рýку в шля́пу, взя́л и развернýл билéт . . . Гóсподи! что стáлось со мнóю, когдá я увидáл на нём слóво: поцелýй!

— Поцелýй! — вскрúкнул я невóльно.

— Брáво! он вы́играл, — подхватúла княжнá. — Как я рáда! — Онá сошлá со стýла и так я́сно и слáдко загляну́ла мне в глазá, что у меня́ сéрдце покатúлось. — А вы рáды? — спросúла онá меня́.

— Я? . . . — пролепета́л я.

— Прода́йте мне свой биле́т, — бря́кнул вдруг над са́мым мои́м у́хом Беловзо́ров. — Я вам сто рубле́й дам.

Я отвеча́л гуса́ру таки́м негоду́ющим взо́ром, что Зинаи́да захло́пала в ладо́ши, а Лу́шин воскли́кнул: «Молоде́ц!»

— Но, — продолжа́л он, — я, как церемонийме́йстер, обя́зан наблюда́ть за исполне́нием всех пра́вил. Мсьё Вольдема́р, опусти́тесь на одно́ коле́но. Так у нас заведено́.

Зинаи́да ста́ла пе́редо мной, наклони́ла немно́го го́лову на́бок, как бы для того́, что́бы лу́чше рассмотре́ть меня́, и с ва́жностью протяну́ла мне ру́ку. У меня́ помути́лось в глаза́х; я хоте́л было опусти́ться на одно́ коле́но, упа́л на о́ба — и так нело́вко прикосну́лся губа́ми к па́льцам Зинаи́ды, что слегка́ оцара́пал себе́ коне́ц но́са её но́гтем.

— До́бре! — закрича́л Лу́шин и помо́г мне встать.

Игра́ в фа́нты продолжа́лась. Зинаи́да посади́ла меня́ во́зле себя́. Каки́х ни приду́мывала она́ штра́фов! Ей пришло́сь, ме́жду про́чим, представля́ть «ста́тую» — и она́ в пьедеста́л себе́ вы́брала безобра́зного Нирма́цкого, веле́ла ему́ лечь ничко́м, да ещё уткну́ть лицо́ в грудь. Хо́хот не умолка́л ни на мгнове́ние. Мне, уединённо и тре́зво воспи́танному ма́льчику, вы́росшему в ба́рском степе́нном до́ме, весь э́тот шум и гам, э́та бесцеремо́нная, почти́ бу́йная весёлость, э́ти небыва́лые сноше́ния с незнако́мыми людьми́ так и бро́сились в го́лову. Я про́сто опьяне́л, как от вина́. Я стал хохота́ть и болта́ть гро́мче други́х, так что да́же ста́рая княги́ня, сиде́вшая в сосе́дней ко́мнате с каки́м-то прика́зным от Иверских воро́т, по́званным для совеща́ния, вы́шла посмотре́ть на меня́. Но я чу́вствовал себя́ до тако́й сте́пени счастли́вым, что, как говори́тся, в ус не дул и в грош не ста́вил ничьи́х насме́шек и ничьи́х косы́х взгля́дов. Зинаи́да продолжа́ла ока́зывать мне предпочте́ние и не отпуска́ла меня́ от себя́. В одно́м штра́фе мне довело́сь сиде́ть с ней ря́дом, накры́вшись одни́м и тем же шёлковым платко́м: я до́лжен был сказа́ть ей *свой секре́т*. По́мню я, как на́ши о́бе головы́ вдруг очути́лись в ду́шной, полупрозра́чной, паху́чей мгле, как в э́той мгле бли́зко и мя́гко свети́лись её глаза́ и горячо́ дыша́ли раскры́тые гу́бы, и зу́бы видне́лись, и концы́ её воло́с меня́ щекота́ли и жгли. Я молча́л. Она́ улыба́лась таи́нственно и лука́во и, наконе́ц, шепну́ла мне: «Ну, что же?» — а я то́лько красне́л и смея́лся, и отвора́чивался, и едва́ переводи́л дух. Фа́нты наску́чили нам, — мы ста́ли игра́ть в верёвочку. Бо́же мой! како́й я почу́вствовал восто́рг, когда́, зазева́вшись, получи́л от ней си́льный и ре́зкий уда́р по па́льцам, и как пото́м я наро́чно стара́лся пока́зывать вид, что зазёвываюсь, а она́ дразни́ла меня́ и не тро́гала подставля́емых рук!

Да то ли мы ещё проде́лывали в тече́ние э́того ве́чера! Мы и на фортепья́но игра́ли, и пе́ли, и танцева́ли, и представля́ли цыга́нский та́бор. Нирма́цкого оде́ли медве́дем и напои́ли водо́ю с со́лью. Граф Мале́вский пока́зывал нам ра́зные ка́рточные фо́кусы и ко́нчил тем, что, перетасова́вши ка́рты, сдал себе́ в вист все ко́зыри, с чем Лу́шин «име́л честь его́ поздра́вить». Майда́нов деклами́ровал нам отры́вки из поэ́мы свое́й «Уби́йца» (де́ло происходи́ло в са́мом разга́ре романти́зма), кото́рую он намерева́лся изда́ть в чёрной обёртке с загла́вными бу́квами крова́вого цве́та; у прика́зного от Иверских воро́т укра́ли с коле́н ша́пку и заста́вили его́, в ви́де вы́купа, пропляса́ть казачка́; старика́ Вонифа́тия наряди́ли в чепе́ц, а княжна́ наде́ла мужску́ю шля́пу . . . Всего́ не перечи́слишь. Оди́н Беловзо́ров всё бо́льше держа́лся в углу́, нахму́ренный и серди́тый . . . Иногда́ глаза́ его́ налива́лись кро́вью, он весь красне́л, и каза́лось, что вот-вот он сейча́с ри́нется на всех нас и расшвыря́ет нас как ще́пки во все сто́роны; но княжна́ взгля́дывала на него́, грози́ла ему́ па́льцем, и он сно́ва забива́лся в свой у́гол.

Мы, наконе́ц, вы́бились из сил. Княги́ня уж на что была́, как сама́ выража́лась, ходка́ — никаки́е кри́ки её не смуща́ли, — одна́ко и она́ почу́вствовала уста́лость и пожела́ла отдохну́ть. В двена́дцатом часу́ но́чи по́дали у́жин, состоя́вший из куска́ ста́рого, сухо́го сы́ру и каки́х-то холо́дных пирожко́в с ру́бленой ветчино́й, кото́рые мне показа́лись вкусне́е вся́ких паште́тов; вина́ была́ всего́ одна́ буты́лка, и та кака́я-то стра́нная: тёмная, с разду́тым го́рлышком, и вино́ в ней отдава́ло ро́зовой кра́ской: впро́чем, его́ никто́ не пил. Уста́лый и счастли́вый до изнеможе́ния, я вы́шел из фли́геля; на проща́нье Зинаи́да мне кре́пко пожа́ла ру́ку и опя́ть зага́дочно улыбну́лась.

Ночь тяжело́ и сы́ро пахну́ла мне в разгорячённое лицо́; каза́лось, гото́вилась гроза́; чёрные ту́чи росли́ и ползли́ по не́бу, ви́димо меня́я свои́ ды́мные очерта́ния. Ветеро́к беспоко́йно содрога́лся в тёмных дере́вьях, и где́-то далеко́ за небоскло́ном, сло́вно про себя́, ворча́л гром серди́то и глу́хо.

Че́рез за́днее крыльцо́ пробра́лся я в свою́ ко́мнату. Дя́дька мой спал на полу́, и мне пришло́сь перешагну́ть че́рез него́; он просну́лся, увида́л меня́ и доложи́л, что ма́тушка опя́ть, на меня́ рассерди́лась и опя́ть хоте́ла посла́ть за мно́ю но что оте́ц её удержа́л. (Я никогда́ не ложи́лся спать, не прости́вшись с ма́тушкой и не испроси́вши её благослове́ния.) Не́чего бы́ло де́лать!

Я сказа́л дя́дьке, что разде́нусь и ля́гу сам, — и погаси́л све́чку. Но я не разде́лся и не лёг.

Я присе́л на стул и до́лго сиде́л как очаро́ванный. То, что я ощуща́л, бы́ло так но́во и так сла́дко . . . Я сиде́л чуть-чуть озира́ясь и не шевеля́сь, ме́дленно дыша́л и то́лько по времена́м то мо́лча смея́лся, вспомина́я, то вну́тренно холоде́л при мы́сли, что я влюблён, что вот она́, вот э́та любо́вь. Лицо́ Зинаи́ды ти́хо плы́ло пе́редо мно́ю во мра́ке — плы́ло и не проплыва́ло; гу́бы её всё так же зага́дочно улыба́лись, глаза́ глядéли на меня́ немнóго сбóку, вопросúтельно, заду́мчиво и нéжно . . . как в то мгновéние, когдá я расстáлся с ней. Наконéц, я встал, на цы́почках подошёл к своéй постéли и осторóжно, не раздевáясь, положúл гóлову на поду́шку, как бы страшáсь рéзким движéнием потревóжить то, чем я был перепóлнен . . .

Я лёг, но дáже глаз не закры́л. Скóро я замéтил, что ко мне в кóмнату беспрестáнно западáли какúе-то слáбые отсвéты. Я приподня́лся и гляну́л в окнó. Переплёт егó чётко отделя́лся от таи́нственно и сму́тно белéвших стёкол. «Грозá», — поду́мал я, — и тóчно былá грозá, но онá проходúла óчень далекó, так что и грóма нé было слы́шно; тóлько на нéбе непреры́вно вспы́хивали неяркие, длúнные, слóвно разветвлённые мóлнии: онú не стóлько вспы́хивали, скóлько трепетáли и подёргивались, как крылó умирáющей птúцы. Я встал, подошёл к окну́ и простоя́л там до утрá . . . Мóлнии не прекращáлись ни на мгновéние; былá, что называ́ется в нарóде, *воробьúная ночь*.. Я глядéл на немóе песчáное пóле, на тёмную мáссу Неску́чного сáда, на желтовáтые фасáды далёких здáний, тóже как бу́дто вздрáгивавших при кáждой слáбой вспы́шке . . . Я глядéл — и не мог оторвáться; э́ти немы́е мóлнии, э́ти сдéржанные блистáния, казáлось, отвечáли тем немы́м и тáйным поры́вам, котóрые вспы́хивали тáкже во мне. У́тро стáло занимáться; áлыми пя́тнами вы́ступила заря́. С приближéнием сóлнца всё бледнéли и сокращáлись мóлнии: онú вздрáгивали всё рéже и рéже и исчéзли наконéц, затóпленные отрезвля́ющим и несомнúтельным свéтом возникáвшего дня . . .

И во мне исчéзли моú мóлнии. Я почу́вствовал большу́ю устáлость и тишину́ . . . но óбраз Зинаиды продолжáл носúться, торжеству́я, над моéю душóй. Тóлько он сам, э́тот óбраз, казáлся успокоённым: как полетéвший лéбедь — от болóтных трав, отделúлся он от окружáвших егó другúх неблаговúдных фигу́р, и я, засыпáя, в послéдний раз припáл к нему́ с прощáльным и довéрчивым обожáнием . . .

О, кро́ткие чу́вства, мя́гкие зву́ки, доброта́ и утиха́ние тро́нутой души́, та́ющая ра́дость пе́рвых умиле́ний любви́, — где вы, где вы?

VIII

На сле́дующее у́тро, когда́ я сошёл к ча́ю, ма́тушка побрани́ла меня́ — ме́ньше, одна́ко, чем я ожида́л — и заста́вила меня́ рассказа́ть, как я провёл накану́не ве́чер. Я отвеча́л ей в немно́гих слова́х, выпуска́я мно́гие подро́бности и стара́ясь прида́ть всему́ вид са́мый неви́нный.

— Всё-таки они́ лю́ди, не comme il faut, — заме́тила ма́тушка, — и тебе́ не́чего к ним таска́ться, вме́сто того́ чтоб гото́виться к экза́мену да занима́ться.

Так как я знал, что забо́ты ма́тушки о мои́х заня́тиях ограни́чатся э́тими немно́гими слова́ми, то я и не почёл ну́жным возража́ть ей; но по́сле ча́ю оте́ц меня́ взял по́д руку и, отпра́вившись вме́сте со мно́ю в сад, заста́вил меня́ рассказа́ть всё, что я ви́дел у Засе́киных.

Стра́нное влия́ние име́л на меня́ оте́ц — и стра́нные бы́ли на́ши отноше́ния. Он почти́ не занима́лся мои́м воспита́нием, но никогда́ не оскорбля́л меня́; он уважа́л мою́ свобо́ду — он да́же был, е́сли мо́жно так вы́разиться, ве́жлив со мно́ю . . . то́лько он не допуска́л меня́ до себя́. Я люби́л его́, я любова́лся им, он каза́лся мне образцо́м мужчи́ны — и, Бо́же мой, как бы я стра́стно к нему́ привяза́лся, е́сли б я постоя́нно не чу́вствовал его́ отклоня́ющей руки́! Зато́, когда́ он хоте́л, он уме́л почти́ мгнове́нно, одни́м сло́вом, одни́м движе́нием возбуди́ть во мне неограни́ченное дове́рие к себе́. Душа́ моя́ раскрыва́лась — я болта́л с ним, как с разу́мным дру́гом, как с снисходи́тельным наста́вником . . . пото́м он так же внеза́пно покида́л меня́ — и рука́ его́ опя́ть отклоня́ла меня́ — ла́сково и мя́гко, но отклоня́ла.

На него́ находи́ла иногда́ весёлость, и тогда́ он гото́в был резви́ться и шали́ть со мной, как ма́льчик (он люби́л вся́кое си́льное теле́сное движе́ние); раз — всего́ то́лько раз! — он приласка́л меня́ с тако́ю не́жностью, что я чуть не запла́кал . . . Но и весёлость его́ и не́жность исчеза́ли без следа́ — и то, что происходи́ло ме́жду на́ми, не дава́ло мне никаки́х наде́жд на бу́дущее — то́чно я всё э́то во сне ви́дел. Быва́ло, ста́ну я рассма́тривать его́ у́мное, краси́вое, све́тлое лицо́ . . . се́рдце моё задрожи́т, и всё существо́ моё устреми́тся к нему́ . . . он сло́вно почу́вствует, что во мне происхо́дит, мимохо́дом потре́плет меня́ по щеке́ — и ли́бо уйдёт, ли́бо займётся че́м-нибудь, ли́бо вдруг весь засты́нет, как он оди́н уме́л застыва́ть, и я то́тчас же сожму́сь и то́же похолоде́ю. Ре́дкие припа́дки его́ расположе́ния ко мне никогда́ не были вы́званы мои́ми безмо́лвными, но поня́тными мольба́ми: они́ приходи́ли всегда́ неожи́данно. Размышля́я впосле́дствии о хара́ктере моего́ отца́, я пришёл к тому́ заключе́нию, что ему́ бы́ло не до меня́ и не до семе́йной жи́зни; он люби́л друго́е и наслади́лся э́тим други́м вполне́. «Сам бери́, что мо́жешь, а в ру́ки не дава́йся; самому́ себе́ принадлежа́ть — в э́том вся шту́ка жи́зни», — сказа́л он мне одна́жды. В друго́й раз я в ка́честве молодо́го демокра́та пусти́лся в его́ прису́тствии рассужда́ть о свобо́де (он в тот день был, как я э́то называ́л, «до́брый»; тогда́ с ним мо́жно бы́ло говори́ть о чём уго́дно).

— Свобо́да, — повтори́л он, — а зна́ешь ли ты, что мо́жет челове́ку дать свобо́ду?

— Что?

— Во́ля, со́бственная во́ля, и власть она́ даст, кото́рая лу́чше свобо́ды. Уме́й хоте́ть — и бу́дешь свобо́дным и кома́ндовать бу́дешь.

Оте́ц мой пре́жде всего́ и бо́льше всего́ хоте́л жить — и жил . . . Быть мо́жет, он предчу́вствовал, что ему́ не придётся до́лго по́льзоваться «шту́кой» жи́зни: он у́мер сорока́ двух лет.

Я подро́бно рассказа́л отцу́ моё посеще́ние у Засе́-

киных. Он полувнима́тельно, полурассе́янно слу́шал меня́, си́дя на скамье́ и рису́я концо́м хлы́стика на песке́. Он и́зредка посме́ивался, ка́к-то све́тло и заба́вно погля́дывал на меня́ и подзадо́ривал меня́ коро́ткими вопро́сами и возраже́ниями. Я сперва́ не решался да́же вы́говорить и́мя Зинаи́ды, но не удержа́лся и на́чал превозноси́ть её. Оте́ц всё продолжа́л посме́иваться. Пото́м он заду́мался, потяну́лся и встал.

Я вспо́мнил, что, выходя́ из до́ма, он веле́л оседла́ть себе́ ло́шадь. Он был отли́чный ездо́к — и уме́л, гора́здо ра́ньше г. Ре́ри, укроща́ть са́мых ди́ких лошаде́й.

— Я с тобо́й пое́ду, папа́ша? — спроси́л я его́.

— Нет, — отве́тил он, и лицо́ его́ при́няло обы́чное, равноду́шно-ла́сковое выраже́ние. — Ступа́й оди́н, ко́ли хо́чешь; а ку́черу скажи́, что я не пое́ду.

Он поверну́лся ко мне спино́й и бы́стро удали́лся. Я следи́л за ним глаза́ми — он скры́лся за воро́тами. Я ви́дел, как его́ шля́па двига́лась вдоль забо́ра: он вошёл к Засе́киным.

Он оста́лся у них не бо́лее ча́са, но то́тчас же отпра́вился в го́род и верну́лся домо́й то́лько к ве́черу.

По́сле обе́да я сам пошёл к Засе́киным. В гости́ной я заста́л одну́ стару́ху княги́ню. Уви́дев меня́, она́ почеса́ла себе́ в голове́ под чепцо́м концо́м спи́цы и вдруг спроси́ла меня́, могу́ ли я переписа́ть ей одну́ про́сьбу.

— С удово́льствием, — отвеча́л я и присе́л на ко́нчик сту́ла.

— То́лько смотри́те покрупне́е бу́квы ста́вьте, — промо́лвила княги́ня, подава́я мне изма́ранный лист, — да нельзя́ ли сего́дня, ба́тюшка?

— Сего́дня же перепишу́-с.

Дверь из сосе́дней ко́мнаты чуть-чуть отвори́лась — и в отве́рстии показа́лось лицо́ Зинаи́ды — бле́дное, заду́мчивое, с небре́жно отки́нутыми наза́д волоса́ми: она́ посмотре́ла на меня́ больши́ми холо́дными глаза́ми и ти́хо закры́ла дверь.

— Зи́на, а Зи́на! — проговори́ла стару́ха.

Зинаи́да не откли́кнулась. Я унёс про́сьбу стару́хи и це́лый ве́чер просиде́л над ней.

IX

Моя́ «страсть» начала́сь с того́ дня. Я, по́мнится, почу́вствовал тогда́ не́что подо́бное тому́, что до́лжен почу́вствовать челове́к, поступи́вший на слу́жбу: я уже́ переста́л быть про́сто молоды́м ма́льчиком; я был влюблённый. Я сказа́л, что с того́ дня начала́сь моя́ страсть; я бы мог приба́вить, что и страда́ния мои́ начали́сь с того́ же са́мого дня. Я изныва́л в отсу́тствии Зинаи́ды: ничего́ мне на ум не шло, всё из рук вали́лось, я по це́лым дням напряжённо ду́мал о ней . . . Я изныва́л . . . но в её прису́тствии мне станови́лось не ле́гче. Я ревнова́л, я сознава́л своё ничто́жество, я глу́по ду́лся и глу́по рабо́ле́пствовал — и всё-таки непреодоли́мая си́ла влекла́ меня́ к ней — и я вся́кий раз с нево́льной дро́жью сча́стья переступа́л поро́г её ко́мнаты. Зинаи́да то́тчас же догада́лась, что я в неё влюби́лся, да, я и не ду́мал скрыва́ться; она́ потеша́лась мое́й стра́стью, дура́чила, балова́ла и му́чила меня́. Сла́дко быть еди́нственным исто́чником, самовла́стной и безотве́тной причи́ной велича́йших ра́достей и глубоча́йшего го́ря для друго́го — а я в рука́х Зиани́ды был как мя́гкий воск. Впро́чем, не я оди́н влюби́лся в неё: все мужчи́ны, посеща́вшие её дом, бы́ли от ней без ума́ — и она́ их всех держа́ла на при́вязи — у свои́х ног. Её забавля́ло возбужда́ть в них то наде́жды, то опасе́ния, верте́ть и́ми по свое́й при́хоти (э́то она́ называ́ла: сту́кать люде́й друг о дру́га) — а они́ и не ду́мали сопротивля́ться и охо́тно покоря́лись ей. Во всём её существе́, живу́чем и краси́вом, была́ кака́я-то осо́бенно обая́тельная смесь хи́трости и беспе́чности, иску́сственности и простоты́, тишины́ и ре́звости; над всем, что она́ де́лала, говори́ла, над ка́ждым её движе́нием носи́лась то́нкая, лёгкая пре́лесть, во всём ска́-

зывалась своеобра́зная, игра́ющая си́ла. И лицо́ её беспреста́нно меня́лось, игра́ло то́же: оно́ выража́ло, почти́ в одно́ и то же вре́мя, — насме́шливость, заду́мчивость и стра́стность. Разнообра́знейшие чу́вства, лёгкие, бы́стрые, как те́ни облако́в в со́лнечный ве́треный день, перебега́ли то и де́ло по её глаза́м и губа́м.

Ка́ждый из её покло́нников был ей ну́жен. Белозо́ров, кото́рого она́ иногда́ называ́ла «мой зверь», а иногда́ про́сто «мой», — охо́тно ки́нулся бы за неё в ого́нь; не наде́ясь на свои́ у́мственные спосо́бности и про́чие досто́инства, он всё предлага́л ей жени́ться на ней, намека́я на то, что други́е то́лько болта́ют. Майда́нов отвеча́л поэти́ческим стру́нам её души́: челове́к дово́льно холо́дный, как почти́ все сочини́тели, он напряжённо уверя́л её, а мо́жет быть, и себя́, что он её обожа́ет, воспева́л её в несконча́емых стиха́х и чита́л их ей с каки́м-то и неесте́ственным и и́скренним восто́ргом. Она́ и сочу́вствовала ему́ и чуть-чуть труни́ла над ним; она́ пло́хо ему́ ве́рила и, наслу́шавшись его́ излия́ний, заставля́ла его́ чита́ть Пу́шкина, что́бы, как она́ говори́ла, очи́стить во́здух. Лу́шин, насме́шливый, цини́ческий на слова́х до́ктор, знал её лу́чше всех — и люби́л её бо́льше всех, хотя́ брани́л её за глаза́ и в глаза́. Она́ его́ уважа́ла, но не спуска́ла ему́ — и подча́с с осо́бенным, злора́дным удово́льствием дава́ла ему́ чу́вствовать, что и он у ней в рука́х. «Я коке́тка, я без се́рдца, я актёрская нату́ра, — сказа́ла она́ ему́ одна́жды в моём прису́тствии, — а, хорошо́! так пода́йте ж ва́шу ру́ку, я воткну́ в неё була́вку, вам бу́дет сты́дно э́того молодо́го челове́ка, вам бу́дет бо́льно, а всё-таки вы, господи́н правди́вый челове́к, изво́льте смея́ться». Лу́шин покрасне́л, отвороти́лся, закуси́л гу́бы, но ко́нчил тем, что подста́вил ру́ку. Она́ его́ уколо́ла, и он то́чно на́чал смея́ться . . . и она́ смея́лась, запуска́я дово́льно глубоко́ була́вку и загля́дывая ему́ в глаза́, кото́рыми он напра́сно бе́гал по сторона́м . . .

Ху́же всего́ я понима́л отноше́ния, существова́вшие ме́жду Зинаи́дой и гра́фом Мале́вским. Он был хоро́ш собóю, лóвок и умён, но чтó-то сомни́тельное, чтó-то фальши́вое чýдилось в нём дáже мне, шестнадцатилéтнему мáльчику, и я диви́лся томý, что Зинаи́да э́того не замечáет. А мóжет быть, онá и замечáла э́ту фальшь и не гнушáлась éю. Непрáвильное воспитáние, стрáнные знакóмства и привы́чки, постоя́нное присýтствие мáтери, бéдность и беспоря́док в дóме, всё, начинáя с сáмой свобóды, котóрою пóльзовалась молодáя дéвушка, с сознáния её превосхóдства над окружáвшими её людьми́, разви́ло в ней какýю-то полупрезри́тельную небрéжность и невзыскáтельность. Бывáло, что ни случи́тся — придёт ли Вонифáтий доложи́ть, что сáхару нет, вы́йдет ли нарýжу какáя-нибудь дряннáя сплéтня, поссóрятся ли гóсти, — онá тóлько кудря́ми встряхнёт, скáжет: пустяки́! и гóря ей мáло.

Затó у меня́, бывáло, вся кровь загорáлась, когдá Малéвский подойдёт к ней, хи́тро покáчиваясь, как лисá, изя́щно обопрётся на спи́нку её стýла и начнёт шептáть ей нá ухо с самодовóльной и заи́скивающей улы́бочкой, — а онá скрести́т рýки на груди́, внимáтельно гляди́т на негó, и самá улыбáется и качáет головóй.

— Что вам за охóта принимáть господи́на Малéвского? — спроси́л я её однáжды.

— А у негó таки́е прекрáсные ýсики, — отвечáла онá. — Да э́то не по вáшей чáсти.

— Вы не дýмаете ли, что я егó люблю́, — сказáла онá мне в другóй раз. — Нет; я таки́х люби́ть не могý, на котóрых мне прихóдится глядéть свéрху вниз. Мне нáдобно такóго, котóрый сам бы меня́ сломи́л . . . Да я на такóго не наткнýсь, Бог милости́в! Не попадýсь никомý в лáпы, ни-ни!

— Стáло быть, вы никогдá не полю́бите?

— А вас-то? Ра́зве я вас не люблю́? — сказа́ла она́ и уда́рила меня́ по́ носу концо́м перча́тки.

Да, Зинаи́да о́чень потеша́лась на́до мно́ю. В тече́ние трёх неде́ль я её ви́дел ка́ждый день — и чего́, чего́ она́ со мной не выде́лывала! К нам она́ ходи́ла ре́дко, и я об э́том не сожале́л: в на́шем до́ме она́ превраща́лась в ба́рышню, в княжну́, — и я её дичи́лся. Я боя́лся вы́дать себя́ пе́ред ма́тушкой; она́ о́чень не благоволи́ла к Зинаи́де и неприя́зненно наблюда́ла за на́ми. Отца́ я не так боя́лся: он сло́вно не замеча́л меня́, а с ней говори́л ма́ло, но ка́к-то осо́бенно у́мно и значи́тельно. Я переста́л рабо́тать, чита́ть — я да́же переста́л гуля́ть по окре́стностям, е́здить верхо́м. Как привя́занный за но́жку жук, я кружи́лся постоя́нно вокру́г люби́мого флигелька́: каза́лось, оста́лся бы там навсегда́ . . . но э́то бы́ло невозмо́жно; ма́тушка ворча́ла на меня́, иногда́ сама́ Зинаи́да меня́ прогоня́ла. Тогда́ я запира́лся у себя́ в ко́мнате и́ли уходи́л на са́мый коне́ц са́да, взбира́лся на уцеле́вшую разва́лину высо́кой ка́менной оранжере́и и, све́сив но́ги со стены́, выходи́вшей на доро́гу, сиде́л по часа́м и гляде́л, гляде́л, ничего́ не ви́дя. Во́зле меня́, по запылённой крапи́ве, лени́во перепа́рхивали бе́лые ба́бочки; бо́йкий воробе́й сади́лся недалеко́ на полусло́манном кра́сном кирпиче́ и раздражи́тельно чири́кал, беспреста́нно повора́чиваясь всем те́лом и распусти́в хво́стик; всё ещё недове́рчивые воро́ны и́зредка ка́ркали, сидя́ высоко́, высоко́ на обнажённой маку́шке берёзы; со́лнце и ве́тер ти́хо игра́ли в её жи́дких ве́тках; звон колоколо́в Донско́го монастыря́ прилета́л по времена́м, споко́йный и уны́лый — а я сиде́л, гляде́л, слу́шал — и наполня́лся весь каки́м-то безымя́нным ощуще́нием, в кото́ром бы́ло всё: и грусть, и ра́дость, и предчу́вствие бу́дущего, и жела́ние, и страх жи́зни. Но я тогда́ ничего́ э́того не понима́л и ничего́ бы не суме́л назва́ть изо всего́ того́, что во мне броди́ло, — и́ли бы назва́л э́то всё одни́м и́менем — и́менем Зинаи́ды.

А Зинаи́да всё игра́ла со мной, так ко́шка с мы́шью.

Она́ то коке́тничала со мной — и я волнова́лся и та́ял, — то она́ вдруг меня́ отта́лкивала — и я не смел прибли́зиться к ней, не смел взгляну́ть на неё.

По́мнится, она́ не́сколько дней сря́ду была́ о́чень холодна́ со мно́ю, я совсе́м зарobе́л и, трусли́во забега́я к ним во фли́гель, стара́лся держа́ться о́коло стару́хи княги́ни, несмотря́ на то, что она́ о́чень брани́лась и крича́ла и́менно в э́то вре́мя: её ве́ксельные дела́ шли пло́хо, и о́на уже́ име́ла два объясне́ния с кварта́льным.

Одна́жды я проходи́л в саду́ ми́мо изве́стного забо́ра — и уви́дел Зинаи́ду: подперши́сь обе́ими рука́ми, она́ сиде́ла на траве́ и не шевели́лась. Я хоте́л было осторо́жно удали́ться, но она́ внеза́пно подняла́ го́лову и сде́лала мне повели́тельный знак. Я за́мер на ме́сте: я не по́нял её с пе́рвого ра́за. Она́ повтори́ла свой знак. Я неме́дленно перескочи́л че́рез забо́р и ра́достно подбежа́л к ней; но она́ останови́ла меня́ взгля́дом и указа́ла мне на доро́жку в двух шага́х от неё. В смуще́нии, не зна́я, что де́лать, я стал на коле́ни на краю́ доро́жки. Она́ до того́ была́ бледна́, така́я го́рькая печа́ль, така́я глубо́кая уста́лость ска́зывалась в ка́ждой её черте́, что се́рдце у меня́ сжа́лось, и я нево́льно пробормота́л:

— Что с ва́ми?

Зинаи́да протяну́ла ру́ку, сорвала́ каку́ю-то тра́вку, укуси́ла её и бро́сила её прочь, пода́льше.

— Вы меня́ о́чень лю́бите? — спроси́ла она́, наконе́ц. — Да?

Я ничего́ не отвеча́л — да и заче́м мне бы́ло отвеча́ть?

— Да, — повтори́ла она́, по-пре́жнему гля́дя на меня́. — Э́то так. Таки́е же глаза́, — приба́вила она́, заду́малась и закры́ла лицо́ рука́ми. — Всё мне опроти́вело, — прошепта́ла она́, — ушла́ бы я на край све́та, не могу́ я э́то вы́нести, не могу́ сла́дить . . . И что ждёт меня́ впереди́! . . . Ах, мне тяжело́ . . . Бо́же мой, как тяжело́!

— Отчего́? — спроси́л я ро́бко.

Зинаи́да мне не отвеча́ла и то́лько пожа́ла плеча́ми. Я продолжа́л стоя́ть на коле́нях и с глубо́ким уны́нием глядéл на неё. Кáждое её слóво так и врéзалось мне в сéрдце. В э́то мгновéнье я, кáжется, охóтно бы óтдал жизнь свою́, лишь бы онá не горевáла. Я глядéл на неё — и, всё-таки не понимáя, отчегó ей бы́ло тяжелó, жи́во воображáл себé, как онá вдруг, в припáдке неудержи́мой печáли, ушлá в сад — и упáла нá землю как подкóшенная. Кругóм бы́ло и свéтло и зéлено; вéтер шелестéл в ли́стьях дерéвьев, и́зредка качáя дли́нную вéтку мали́ны над головóй Зинаи́ды. Гдé-то воркoвáли гóлуби — и пчёлы жужжáли, ни́зко перелётывая по рéдкой травé. Свéрху лáсково синéло нéбо — а мне бы́ло так гру́стно . . .

— Прочти́те мне каки́е-нибудь стихи́, — промóлвила вполгóлоса Зинаи́да и оперлáсь на лóкоть. — Я люблю́, когдá вы стихи́ читáете. Вы поёте, но э́то ничегó, э́то мóлодо. Прочти́те мне «На хóлмах Гру́зии». Только ся́дьте спервá.

Я сел и прочёл «На хóлмах Гру́зии».

— «Что не люби́ть онó не мóжет», — повтори́ла Зинаи́да. — Вот чем поэ́зия хорошá: онá говори́т нам то, чегó нет и что не тóлько лу́чше тогó, что есть, но дáже бóльше похóже на прáвду . . . Что не люби́ть онó не мóжет — и хотéло бы, да не мóжет! — Онá опя́ть умóлкла и вдруг встрепену́лась и встáла. — Пойдёмте. У мамáши сиди́т Майдáнов; он мне принёс свóю поэ́му, а я егó остáвила. Он тáкже огорчён тепéрь . . . что дéлать! вы когдá-нибудь узнáете . . . тóлько не серди́тесь на меня́!

Зинаи́да торопли́во пожáла мне ру́ку и побежáла вперёд. Мы верну́лись во фли́гель. Майдáнов принялся́ читáть нам своегó тóлько что отпечáтанного «Уби́йцу», но я не слу́шал егó. Он выкри́кивал нараспéв свои́ четырёхстóпные я́мбы, ри́фмы чередовáлись и звенéли, как бубéнчики, пу́сто и грóмко, а я всё глядéл на Зинаи́ду и всё старáлся поня́ть значéние её послéдних слов.

Иль, мóжет быть, сопéрник тáйный
Тебя́ нежда́нно покори́л? —

воскли́кнул вдруг в нос Майда́нов — и мои́ глаза́ и глаза́ Зинаи́ды встрéтились. Она́ опусти́ла их и слегка́ покраснéла. Я увида́л, что она́ покраснéла, и похолодéл от испу́га. Я ужé прéжде ревнова́л к ней, но тóлько в э́то мгновéние мысль о том, что она́ полюби́ла, сверкну́ла у меня́ в головé: «Бóже мой! она́ полюби́ла!»

X

Настоя́щие мои́ терза́ния начали́сь с тогó мгновéния. Я лома́л себé гóлову, разду́мывал, переду́мывал — и неотсту́пно, хотя́ по мéре возмóжности скры́тно, наблюда́л за Зинаи́дой. В ней произошла́ перемéна — э́то бы́ло очеви́дно. Она́ уходи́ла гуля́ть одна́ и гуля́ла дóлго. Иногда́ она́ гóстям не показывалась; по цéлым часа́м сидéла у себя́ в кóмнате. Прéжде э́того за ней не води́лось. Я вдруг сдéлался — и́ли мне показа́лось, что я сдéлался — чрезвыча́йно проница́телен. «Не он ли? и́ли уж не он ли?» — спра́шивал я самогó себя́, тревóжно перебега́я мы́слью от однoгó её поклóнника к другóму. Граф Малéвский (хоть я и стыди́лся за Зинаи́ду в э́том созна́ться) вта́йне каза́лся мне опа́снее други́х.

Моя́ наблюда́тельность не вида́ла да́льше своегó нóса, и моя́ скры́тность, вероя́тно, никогó не обману́ла; по кра́йней мéре дóктор Лу́шин скóро меня́ раскуси́л. Впрóчем, и он измени́лся в послéднее врéмя: он похудéл, смея́лся так же ча́сто, но как-то глу́ше, злéе и корóче — невóльная, нерви́ческая раздражи́тельность смени́ла в нём прéжнюю лёгкую ирóнию и напу́щенный цини́зм.

— Что вы э́то беспреста́нно таска́етесь сюда́, молодóй человéк, — сказа́л он мне одна́жды, оста́вшись со мнóю в гости́ной Засéкиных. (Княжна́ ещё не возвраща́лась с прогу́лки, а крикли́вый гóлос княги́ни раздава́лся в мезони́не: она́ брани́лась со своéй гóрничной.) — Вам бы на́добно учи́ться, рабо́тать — пока́ вы мо́лоды, — а вы что де́лаете?

— Вы не мо́жете знать, рабо́таю ли я до́ма, — возрази́л я ему́ не без надме́нности, но и не без замеша́тельства.

— Кака́я уж тут рабо́та! у вас не то на уме́. Ну, я не спо́рю . . . в ва́ши го́ды э́то в поря́дке веще́й. Да вы́бор-то ваш бо́льно неуда́чен. Ра́зве вы не ви́дите, что э́то за дом?

— Я вас не понима́ю, — заме́тил я.

— Не понима́ете? тем ху́же для вас. Я счита́ю до́лгом предостере́чь вас. На́шему бра́ту, ста́рому холостяку́, мо́жно сюда́ ходи́ть: что нам де́лается? мы наро́д прокалённый, нас ниче́м не проберёшь; а у вас ко́жица ещё не́жная; здесь для вас во́здух вре́дный — пове́рьте мне, зарази́ться мо́жете.

— Как так?

— Да так же. Ра́зве вы здоро́вы тепе́рь? Ра́зве вы в норма́льном положе́нии? Ра́зве то, что вы чу́вствуете, — поле́зно вам, хорошо́?

— Да что же я чу́вствую? — сказа́л я, а сам в душе́ сознава́л, что до́ктор прав.

— Эх, молодо́й челове́к, молодо́й челове́к, — продолжа́л до́ктор с таки́м выраже́нием, как бу́дто в э́тих двух слова́х заключа́лось что́-то для меня́ весьма́ оби́дное, — где вам хитри́ть, ведь у вас ещё, сла́ва Бо́гу, что́ на душе́, то и на лице́. А впро́чем, что толкова́ть? Я бы и сам сюда́ не ходи́л, е́сли б (до́ктор сти́снул зубы) . . . е́сли б я не был тако́й же чуда́к. То́лько вот чему́ я удивля́юсь: как вы, с ва́шим умо́м, не ви́дите, что де́лается вокру́г вас?

— А что же тако́е де́лается? — подхвати́л я и весь насторожи́лся.

До́ктор посмотре́л на меня́ с каки́м-то насме́шливым сожале́нием.

— Хоро́ш же и я, — промо́лвил он, сло́вно про

себя́, — о́чень ну́жно э́то ему́ говори́ть. Одни́м сло́вом, — приба́вил он, возвы́сив го́лос,— повторя́ю вам: зде́шняя атмосфе́ра вам не годи́тся. Вам здесь прия́тно, да ма́ло чего́ нет! и в оранжере́е то́же прия́тно па́хнет — да жить в ней нельзя́. Эй! послу́шайтесь, возьми́тесь опя́ть за Кайда́нова!

Княги́ня вошла́ и начала́ жа́ловаться до́ктору на зубну́ю боль. Пото́м яви́лась Зинаи́да.

— Вот, — приба́вила княги́ня, — господи́н до́ктор, побрани́те-ка её. Це́лый день пьёт во́ду со льдом; ра́зве ей э́то здоро́во, при её сла́бой гру́ди?

— Заче́м вы э́то де́лаете? — спроси́л Лу́шин.

— А что из э́того мо́жет вы́йти?

— Что? вы мо́жете простуди́ться и умере́ть.

— В са́мом де́ле? Нёуже́ли? Ну что ж — туда́ и доро́га!

— Вот как! — проворча́л до́ктор.

Княги́ня ушла́.

— Вот как, — повтори́ла Зинаи́да. — Ра́зве жить так ве́село? огляни́тесь-ка круго́м . . . Что — хорошо́? И́ли вы ду́маете, что я э́того не понима́ю, не чу́вствую? Мне доставля́ет удово́льствие — пить во́ду со льдом, и вы серьёзно мо́жете уверя́ть меня́, что така́я жизнь сто́ит того́, чтоб не рискну́ть е́ю за миг удово́льствия, — я уже́ о сча́стии не говорю́.

— Ну, да, — заме́тил Лу́шин, — капри́з и незави́симость . . . Э́ти два сло́ва вас исче́рпывают: вся ва́ша нату́ра в э́тих двух слова́х.

Зинаи́да нерви́чески засмея́лась.

— Опозда́ли по́чтой, любе́зный до́ктор. Наблюда́ете пло́хо; отстаёте. Наде́ньте очки́. Не до капри́зов мне тепе́рь; вас дура́чить, себя́ дура́чить . . . куда́ как ве́село! — а что до незави́симости . . . Мсьё Вольдема́р, — приба́вила вдруг Зинаи́да и то́пнула но́жкой, — не де́лайте меланхоли́ческой физионо́мии. Я терпе́ть не могу́, когда́ обо мне сожале́ют. — Она́ бы́стро удали́лась.

— Вредна́, вредна́ вам зде́шняя атмосфе́ра, молодо́й челове́к, — ещё раз сказа́л мне Лу́шин.

XI

Ве́чером того́ же дня собрали́сь у Засе́киных обы́чные го́сти; я был в их числе́.

Разгово́р зашёл о поэ́ме Майда́нова; Зинаи́да чистосерде́чно её хвали́ла.

— Но зна́ете ли что? — сказа́ла она́ ему́, — е́сли б я была́ поэ́том, — я бы други́е брала́ сюже́ты. Мо́жет быть, всё э́то вздор, — но мне иногда́ прихо́дят в го́лову стра́нные мы́сли, осо́бенно когда́ я не сплю, пе́ред у́тром, когда́ не́бо начина́ет станови́ться и ро́зовым и се́рым. Я бы, наприме́р . . . Вы не бу́дете надо мной смея́ться?

— Нет! Нет! — воскли́кнули мы все в оди́н го́лос.

— Я бы предста́вила, — продолжа́ла она́, скрести́в ру́ки на груди́ и устреми́в глаза́ в сто́рону, — це́лое о́бщество молоды́х де́вушек, но́чью, в большо́й ло́дке — на ти́хой реке́. Луна́ све́тит, а они́ все в бе́лом и в венка́х из бе́лых цвето́в, и пою́т, зна́ете, что́-нибудь вро́де ги́мна.

— Понима́ю, понима́ю, продолжа́йте, — значи́тельно и мечта́тельно промо́лвил Майда́нов.

— Вдруг — шум, хо́хот, фа́келы, бу́бны на берегу́ . . . Э́то толпа́ вакха́нок бежи́т с пе́снями, с кри́ком. Уж тут ва́ше де́ло нарисова́ть карти́ну, господи́н поэ́т . . . то́лько я бы хоте́ла, что́бы фа́келы бы́ли кра́сны и о́чень бы дыми́лись и что́бы глаза́ у вакха́нок блесте́ли под венка́ми, а венки́ должны́ быть тёмные. Не забу́дьте та́кже тигро́вых кож и чаш — и зо́лота, мно́го зо́лота.

— Где же должно́ быть зо́лото? — спроси́л Майда́нов, отки́дывая наза́д свои́ пло́ские во́лосы и расширя́я но́здри.

— Где? на плеча́х, на рука́х, на нога́х, везде́. Говоря́т, в дре́вности же́нщины золоты́е ко́льца носи́ли на щи́колотках. Вакха́нки зову́т к себе́ де́вушек в ло́дке. Де́вушки переста́ли петь свой гимн — они́ не мо́гут его́ продолжа́ть. — но они́ не шевеля́тся: река́ подно́сит их к бе́регу. И вот вдруг одна́ из них ти́хо поднима́ется . . . Э́то на́до хорошо́ описа́ть: как она́ ти́хо встаёт при лу́нном све́те и как её подру́ги пуга́ются . . . Она́ переша́гну́ла край ло́дки, вакха́нки её окружи́ли, умча́ли в ночь, в темноту́ . . . Предста́вьте тут дым клуба́ми, и всё смеша́лось. То́лько слы́шится их визг, да вено́к её оста́лся на берегу́.

Зинаи́да умо́лкла. («О! она́ полюби́ла!» — поду́мал я опя́ть.)

— И то́лько? — спроси́л Майда́нов.

— То́лько, — отвеча́ла она́.

— Э́то не мо́жет быть сюже́том для це́лой поэ́мы, — ва́жно заме́тил он, — но для лири́ческого стихотворе́ния я ва́шей мы́слию воспо́льзуюсь.

— В романти́ческом ро́ле? — спроси́л Мале́вский.

— Коне́чно, в романти́ческом ро́ле, ба́йроновском.

— А по-мо́ему, Гюго́ лу́чше Ба́йрона, — небре́жно промо́лвил молодо́й граф, — интере́снее.

— Гюго́ — писа́тель первокла́ссный, — возрази́л Майда́нов, — и мой прия́тель Тонкоше́ев, в своём испа́нском рома́не «Эль-Тровадо́р» . . .

— Ах, э́то та кни́га с опроки́нутыми вопроси́тельными зна́ками? — переби́ла Зинаи́да.

— Да. Э́то так при́нято у испа́нцев. Я хоте́л сказа́ть, что Тонкоше́ев . . .

— Ну! вы опя́ть заспо́рите о классици́зме и романти́зме, — втори́чно переби́ла его́ Зинаи́да. — Дава́йте лу́чше игра́ть . . .

— В фа́нты? — подхвати́л Лу́шин.

— Нет, в фа́нты ску́чно; а в сравне́нья. (Э́ту игру́ приду́мала сама́ Зинаи́да: называ́лся како́й-нибудь предме́т, вся́кий стара́лся сравни́ть его́ с че́м-нибу́дь, и тот, кто подбира́л лу́чшее сравне́ние, получа́л приз.)

Она́ подошла́ к окну́. Со́лнце то́лько что се́ло: на не́бе высоко́ стоя́ли дли́нные кра́сные облака́.

— На что похо́жи э́ти облака́? — спроси́ла Зина́ида и, не дожида́ясь на́шего отве́та, сказа́ла: — Я нахожу́, что они́ похо́жи на те пурпу́ровые паруса́, кото́рые бы́ли на золото́м корабле́ у Клеопа́тры, когда́ она́ е́хала навстре́чу Анто́нию. По́мните, Майда́нов, вы неда́вно мне об э́том расска́зывали?

Все мы, как Поло́ний в «Га́млете», реши́ли, что облака́ напомина́ли и́менно э́ти паруса́ и что лу́чшего сравне́ния никто́ из нас не прии́щет.

— А ско́лько лет бы́ло тогда́ Анто́нию? спроси́ла Зина́ида.

— Уж наве́рное был молодо́й челове́к, — заме́тил Мале́вский.

— Да, молодо́й, — увери́тельно подтверди́л Майда́нов.

— Извини́те, — воскли́кнул Лу́шин, — ему́ бы́ло за́ сорок лет.

— За́ сорок лет, — повтори́ла Зина́ида, взгляну́в на него́ бы́стрым взгля́дом.

Я ско́ро ушёл домо́й. «Она́ полюби́ла, — нево́льно шепта́ли мои́ гу́бы. — Но кого́?»

XII

Дни проходи́ли. Зина́ида станови́лась всё странне́й, всё непоня́тней. Одна́жды я вошёл к ней и уви́дел её сидя́щей на соло́менном сту́ле, с голово́й, прижа́той к о́строму кра́ю стола́. Она́ вы́прямилась . . . всё лицо́ её бы́ло о́блито слеза́ми.

— А! вы! — сказа́ла она́ с жесто́кой усме́шкой. — Поди́те-ка сюда́.

Я подошёл к ней: она́ положи́ла мне ру́ку на́ голову и, внеза́пно ухвати́в меня́ за́ волосы, начала́ крути́ть их.

— Бо́льно . . . — проговори́л я, наконе́ц.

— А! бо́льно! а мне не бо́льно? не бо́льно? — повтори́ла она́.

— Ай! — вскри́кнула она́ вдруг, увида́в, что вы́дернула у меня́ ма́ленькую прядь воло́с. — Что э́то я сде́лала? Бе́дный мсьё Вольдема́р!

Она́ осторо́жно распра́вила вы́рванные во́лосы, обмота́ла их вокру́г па́льца и сверну́ла их в коле́чко.

— Я ва́ши во́лосы к себе́ в медальо́н положу́ и носи́ть их буду́, — сказа́ла она́, а у само́й на глаза́х всё блесте́ли слёзы. — Э́то вас, быть мо́жет, уте́шит немно́го . . . а тепе́рь проща́йте.

Я верну́лся домо́й и заста́л там неприя́тность. У ма́тушки происходи́ло объясне́ние с отцо́м: она́ в чём-то упрека́ла его́, а он, по своему́ обыкнове́нию, хо́лодно и ве́жливо отма́лчивался — и ско́ро уе́хал. Я не мог слы́шать, о чём говори́ла ма́тушка, да и мне бы́ло не до того́; по́мню то́лько, что по оконча́нии объясне́ния она́ веле́ла позва́ть меня́ к себе́ в кабине́т и с больши́м неудово́льствием отозва́лась о мои́х ча́стых посеще́ниях у княги́ни, кото́рая, по её слова́м, была́ une femme capable de tout. Я подошёл к ней к ру́чке (э́то я де́лал всегда́, когда́ хоте́л прекрати́ть разгово́р) и ушёл к себе́. Слёзы Зинаи́ды меня́ соверше́нно сби́ли с то́лку: я реши́тельно не знал, на како́й мы́сли останови́ться, и сам гото́в был пла́кать: я всё-таки был ребёнком, несмотря́ на мои́ шестна́дцать лет. Уже́ я не ду́мал бо́лее о Мале́вском, хотя́ Беловзо́ров с ка́ждым днём станови́лся всё грозне́е и грозне́е и гляде́л на увёртливого гра́фа, как волк на бара́на; да я ни о чём и ни о ком не ду́мал. Я теря́лся в соображе́ниях и всё иска́л уединённых мест. Осо́бенно полюби́л я разва́лины оранжере́и. Взберу́сь, быва́ло, на высо́кую сте́ну, ся́ду и сижу́ там таки́м несча́стным, одино́ким и гру́стным ю́ношей, что мне самому́ стано́вится себя́ жа́лко, — и так мне бы́ли отра́дны э́ти го́рестные ощуще́ния, так упива́лся я и́ми! . . .

Вот однáжды сижу́ я на стенé, гляжу́ вдаль и слу́шаю колокóльный звон . . . вдруг чтó-то пробежáло по мне — ветерóк не ветерóк и не дрожь, а слóвно дуновéние, слóвно, ощущéние чьéй-то бли́зости . . . Я опусти́л глазá. Внизу́, по дорóге, в лёгком сéреньком плáтье, с рóзовым зóнтиком на плечé, поспéшно шла Зинаи́да. Онá уви́дела меня́, останови́лась и, отки́нув край соломенной шля́пы, подня́лá на меня́ свои́ бáрхатные глазá.

— Что э́то вы дéлаете там, на такóй вышинé? — спроси́ла онá меня́ с какóй-то стрáнной улы́бкой. — Вот, — продолжáла онá, — вы всё уверя́ете, что вы меня́ лю́бите, — спры́гните ко мне на дорóгу, éсли вы действи́тельно лю́бите меня́.

Не успéла Зинаи́да произнести́ э́ти словá, как я ужé летéл вниз, тóчно кто подтолкну́л меня́ сзáди. В стенé бы́ло óколо двух сáжен вышины́. Я пришёлся о зéмлю ногáми, но толчóк был так силён, что я не мог удержáться: я упáл и на мгновéнье лиши́лся сознáнья. Когдá я пришёл в себя́, я, не раскрывáя глаз, почу́вствовал вóзле себя́ Зинаи́ду.

— Мáлый мой мáльчик, — говори́ла онá, наклоня́сь надо мнóю — и в гóлосе её звучáла встревóженная нéжность, — как мог ты э́то сдéлать, как мог ты послу́шаться . . . ведь я люблю́ тебя́ . . . встань.

Её грудь дышáла вóзле моéй, её ру́ки прикасáлись моéй головы́, и вдруг — что стáлось со мной тогдá! — её мя́гкие, свéжие гу́бы нáчали покрывáть всё моё лицó поцелу́ями . . . они́ косну́лись мои́х губ . . . Но тут Зинаи́да, веро́ятно, догадáлась, по выражéнию моегó лицá, что я ужé пришёл в себя́, хотя́ я всё глаз не раскрывáл, — и, бы́стро приподня́вшись, промóлвила:

— Ну вставáйте, шалу́н, безу́мный; что э́то вы лежи́те в пыли́?

Я подня́лся.

— Подáйте мне мой зóнтик, — сказáла Зинаи́да, — вишь, я егó кудá брóсила; да не смотри́те на меня́ так . . . что за глу́пости? вы не ушиблись? чай, обожгли́сь в крапи́ве? Говоря́т вам, не смотри́те на меня́ . . . Да он ничего́ не понима́ет, не отвеча́ет, — приба́вила она́, сло́вно про себя́. — Ступа́йте домо́й, мсьё Вольдема́р, почи́ститесь, да не сме́йте идти́ за мной — а то я рассержу́сь, и уже́ бо́льше никогда́ . . .

Она́ не договори́ла свое́й ре́чи и прово́рно удали́лась, а я присе́л на доро́гу . . . но́ги меня́ не держа́ли. Крапи́ва обожгла́ мне ру́ку, спина́ ны́ла, и голова́ кружи́лась; но чу́вство блаже́нства, кото́рое я испыта́л тогда́, уже́ не повтори́лось в мое́й жи́зни. Оно́ стоя́ло сла́дкой бо́лью во всех мои́х чле́нах и разреши́лось, наконе́ц, восто́рженными прыжка́ми и восклица́ниями. То́чно: я был ещё ребёнок.

XIII

Я так был ве́сел и горд весь э́тот день, я так жи́во сохраня́л на моём лице́ ощуще́ние Зина́идиных поцелу́ев, я с таки́м содрога́нием восто́рга вспомина́л ка́ждое её сло́во, я так леле́ял своё неожи́данное сча́стье, что мне станови́лось да́же стра́шно, не хоте́лось да́же уви́деть её, вино́вницу э́тих но́вых ощуще́ний. Мне каза́лось, что уже́ бо́льше ничего́ нельзя́ тре́бовать от судьбы́, что тепе́рь бы сле́довало «взять, вздохну́ть хороше́нько в после́дний раз, да и умере́ть». Зато́ на сле́дующий день, отправля́ясь во фли́гель, я чу́вствовал большо́е смуще́ние, кото́рое напра́сно стара́лся скрыть под личи́ною скро́мной развя́зности, прили́чной челове́ку, жела́ющему дать знать, что он уме́ет сохрани́ть та́йну. Зина́йда приняла́ меня́ о́чень про́сто, без вся́кого волне́ния, то́лько погрози́ла мне па́льцем и спроси́ла: нет ли у меня́ си́них пя́тен? Вся моя́ скро́мная развя́зность и таи́нственность исче́зли мгнове́нно, а вме́сте с ни́ми и смуще́ние моё. Коне́чно, я ничего́ не ожида́л осо́бенного, но споко́йствие Зина́йды меня́ то́чно холо́дной водо́й окати́ло. Я по́нял, что я дитя́ в её глаза́х, — и мне ста́ло о́чень тяжело́! Зина́йда ходи́ла взад и вперёд по ко́мнате, вся́кий раз бы́стро улыба́лась, как то́лько взгля́дывала на меня́; но мы́сли её бы́ли далеко́, я э́то я́сно ви́дел . . . «Заговори́ть самому́ о вчера́шнем де́ле, — поду́мал я, — спроси́ть её, куда́ она́ так спеши́ла, что́бы узна́ть оконча́тельно . . .» — но я то́лько махну́л руко́й и присе́л в уголо́к.

Беловзо́ров вошёл; я ему́ обра́довался.

— Не нашёл я вам верхово́й ло́шади, сми́рной, — заговори́л он суро́вым го́лосом, — Фре́йтаг мне руча́ется за одну́ — да я не уве́рен. Бою́сь.

— Чего́ же вы бои́тесь, — спроси́ла Зинаи́да, — позво́льте спроси́ть?

— Чего́? Ведь вы не уме́ете е́здить. Сохрани́ Бог, что случи́тся! И что за фанта́зия пришла́ вам вдруг в го́лову?

— Ну, э́то моё де́ло, мсьё мой зверь. В тако́м слу́чае я попрошу́ Петра́ Васи́льевича . . . (Моего́ отца́ зва́ли Петро́м Васи́льевичем. Я удиви́лся тому́, что она́ так легко́ и свобо́дно упомяну́ла его́ и́мя, то́чно она́ была́ уве́рена в его́ гото́вности услужи́ть ей.)

— Вот как, — возрази́л Беловзо́ров. — Вы э́то с ним хоти́те е́здить?

— С ним и́ли с други́м — э́то для вас всё равно́. То́лько не с ва́ми.

— Не со мной, — повтори́л Беловзо́ров. — Как хоти́те. Что ж? Я вам ло́шадь доста́влю.

— Да то́лько смотри́те, не коро́ву каку́ю-нибудь. Я вас предуведомля́ю, что я хочу́ скака́ть.

— Скачи́те, пожа́луй . . . С кем же э́то, с Мале́вским, что ли, вы пое́дете?

— А почему́ вы и не с ним, во́ин? Ну, успоко́йтесь, — приба́вила она́, — и не сверка́йте глаза́ми. Я и вас возьму́. Вы зна́ете, что для меня́ тепе́рь Мале́вский — фи! — Она́ тряхну́ла голово́й.

— Вы э́то говори́те, что́бы меня́ уте́шить, — проворча́л Беловзо́ров.

Зинаи́да прищу́рилась.

— Э́то вас утеша́ет? . . . О . . . о . . . о . . . во́ин! — сказа́ла она́ наконе́ц, как бы не найдя́ друго́го сло́ва. — А вы, мсьё Вольдема́р, пое́хали ли бы вы с на́ми?

— Я не люблю́ . . . в большо́м о́бществе . . . — пробормота́л я, не поднима́я глаз.

— Вы предпочита́ете tête-à-tête? . . . Ну, во́льному во́ля, спасённому . . . рай, — промо́лвила она́ вздохну́вши. — Ступа́йте же, Беловзо́ров, хлопочи́те. Мне ло́шадь нужна́ к за́втрашнему дню.

— Да; а де́ньги отку́да взять? — вмеша́лась княги́ня.

Зинаи́да намо́рщила бро́ви.

— Я у вас их не прошу́; Беловзо́ров мне пове́рит.

— Пове́рит, пове́рит . . . — проворча́ла княги́ня — и вдруг во всё го́рло закрича́ла: — Дуня́шка!

— Maman, я вам подари́ла колоко́льчик, — заме́тила княжна́.

— Дуня́шка! — повтори́ла стару́ха.

Беловзо́ров откла́нялся; я ушёл вме́сте с ним. Зинаи́да меня́ не уде́рживала.

XVI

На сле́дующее у́тро я встал ра́но, вы́резал себе́ па́лку и отпра́вился за заста́ву. Пойду́, мол, размыка́ю своё го́ре. День был прекра́сный, све́тлый и не сли́шком жа́ркий; весёлый, све́жий ве́тер гуля́л над землёю и в ме́ру шуме́л и игра́л, всё шевеля́ и ничего́ не трево́жа. Я до́лго броди́л по гора́м, по леса́м; я не чу́вствовал себя́ счастли́вым, я вы́шел и́з дому с наме́рением преда́ться уны́нию — но мо́лодость, прекра́сная пого́да, све́жий во́здух, поте́ха бы́строй ходьбы́, не́га уединённого лежа́ния на густо́й траве́ — взя́ли своё: воспомина́ние о тех незабве́нных слова́х, о тех поцелу́ях опя́ть втесни́лось мне в ду́шу. Мне прия́тно бы́ло ду́мать, что Зинаи́да не мо́жет, одна́ко, не отда́ть справедли́вости мое́й реши́мости, моему́ герои́зму . . . «Други́е для неё лу́чше меня́, — ду́мал я, — пуска́й! Зато́ други́е то́лько ска́жут, что сде́лают, а я сде́лал! И то ли я в состоя́нии ещё сде́лать для неё! . . .» Воображе́ние моё заигра́ло. Я нача́л представля́ть себе́, как я бу́ду спаса́ть её из рук неприя́телей, как я, весь о́блитый кро́вью, исто́ргну её из темни́цы, как умру́ у её ног. Я вспо́мнил карти́ну, висе́вшую у нас в гости́ной: Мале́к-Аде́ла, уносящего Мати́льду, — и тут же заня́лся появле́нием большо́го пёстрого дя́тла, кото́рый хлопотли́во поднима́лся по то́нкому стволу́ берёзы и с беспоко́йством выгля́дывал из-за неё, то напра́во, то нале́во, то́чно музыка́нт из-за ше́йки контраба́са.

Пото́м я запе́л: «Не белы́ снеги́» и свёл на изве́стный в то вре́мя рома́нс: «Я жду тебя́, когда́ зефи́р игри́вый»; пото́м я на́чал гро́мко чита́ть обраще́ние Ерма́ка к звёздам из траге́дии Хомяко́ва; попыта́лся было сочини́ть что́-нибудь в чувстви́тельном ро́де, приду́мал да́же стро́чку, кото́рой должно́ бы́ло зака́нчиваться всё стихотворе́ние: «О, Зинаи́да! Зинаи́да!», но ничего́ не вы́шло. Ме́жду тем наступа́ло вре́мя обе́да. Я спусти́лся в доли́ну; у́зкая песча́ная доро́жка вила́сь по ней и вела́ в го́род. Я пошёл по э́той доро́жке . . . Глухо́й стук лошади́ных копы́т разда́лся за мно́ю. Я огляну́лся, нево́льно останови́лся и снял фура́жку: я уви́дел моего́ отца́ и Зинаи́ду. Они́ е́хали ря́дом. Оте́ц говори́л ей что́-то, перегну́вшись к ней всем ста́ном и оперши́сь руко́ю на ше́ю ло́шади; он улыба́лся. Зинаи́да слу́шала его́ мо́лча, стро́го опусти́в глаза́ и сжа́вши гу́бы. Я сперва́ увида́л их одни́х; то́лько че́рез не́сколько мгнове́ний, из-за поворо́та доли́ны, показа́лся Беловзо́ров в гуса́рском мунди́ре с ме́нтиком, на опенённом вороно́м коне́. До́брый конь мота́л голово́ю, фы́ркал и пляса́л: вса́дник и сде́рживал его́ и шпо́рил. Я посторони́лся. Оте́ц подобра́л пово́дья, отклони́лся от Зинаи́ды, она́ ме́дленно подняла́ на него́ глаза́ — и о́ба поскака́ли . . . Беловзо́ров промча́лся вслед за ни́ми, гремя́ са́блей. «Он кра́сен как рак, — поду́мал я, — а она́ . . . Отчего́ она́ така́я бле́дная? е́здила верхо́м це́лое у́тро — и бле́дная?»

Я удво́ил шаги́ и поспе́л домо́й пе́ред са́мым обе́дом. Оте́ц уже́ сиде́л переоде́тый, вы́мытый и све́жий, во́зле ма́тушкиного кре́сла и чита́л ей свои́м ро́вным и зву́чным го́лосом фельето́н «Journal des Débats», но ма́тушка слу́шала его́ без внима́ния и, увида́вши меня́, спроси́ла, где я пропада́л це́лый день, и приба́вила, что́ не лю́бит, когда́ таска́ются Бог зна́ет где и Бог зна́ет с кем. «Да я гуля́л оди́н», — хоте́л было я отве́тить, но посмотре́л на отца́ и почему́-то промолча́л.

XV

В тече́ние сле́дующих пяти́, шести́ дней я почти́ не ви́дел Зинаи́ды: она́ ска́зывалась больно́ю, что не меша́ло, одна́ко, обы́чным посети́телям фли́геля явля́ться — как они́ выража́лись — на своё дежу́рство — всем, кро́ме Майда́нова, кото́рый то́тчас па́дал ду́хом и скуча́л, как то́лько не име́л слу́чая восторга́ться. Беловзо́ров сиде́л угрю́мо в углу́, весь застёгнутый и кра́сный; на то́нком лице́ гра́фа Мале́вского постоя́нно броди́ла кака́я то недо́брая улы́бка; он действи́тельно впал в неми́лость у Зинаи́ды и с осо́бенным стара́ньем подслу́живался ста́рой княги́не, е́здил с ней в ямско́й каре́те к генера́л-губерна́тору. Впро́чем, э́та пое́здка оказа́лась неуда́чной, и Мале́вскому вы́шла да́же неприя́тность: ему́ напо́мнили каку́ю-то исто́рию с каки́ми-то путе́йскими офице́рами — и он до́лжен был в объясне́ниях свои́х сказа́ть, что был тогда́ нео́пытен. Лу́шин приезжа́л ра́за по́ два в день, но остава́лся недо́лго; я немно́жно боя́лся его́ по́сле на́шего после́днего объясне́ния и в то же вре́мя чу́вствовал к нему́ и́скреннее влече́ние. Он одна́жды пошёл гуля́ть со мно́ю по Неску́чному са́ду, был о́чень доброду́шен и любе́зен, сообща́л мне назва́ния и сво́йства ра́зных трав и цвето́в и вдруг, как говори́тся, ни к селу́ ни к го́роду, воскли́кнул, уда́рив себя́ по лбу: «А я, дура́к, ду́мал, что она́ коке́тка! ви́дно, же́ртвовать собо́ю сла́дко — для ины́х».

— Что вы хоти́те э́тим сказа́ть? — спроси́л я.

— Вам я ничего́ не хочу́ сказа́ть, — отры́висто возрази́л Лу́шин.

Меня́ Зинаи́да избега́ла: моё появле́ние — я не мог э́того не заме́тить — производи́ло на неё впечатле́ние неприя́тное. Она́ нево́льно отвора́чивалась от меня́ . . . нево́льно; вот что бы́ло го́рько, вот что меня́ сокруша́ло! Но де́лать бы́ло не́чего — и я стара́лся не попада́ться ей на глаза́ и лишь и́здали её подкарау́ливал, что̀ не всегда́ мне удава́лось. С ней по-пре́жнему происходи́ло что́-то непоня́тное; её лицо́ ста́ло друго́е, вся она́ друга́я ста́ла. Осо́бенно порази́ла меня́ происше́дшая в ней переме́на — в оди́н тёплый, ти́хий ве́чер. Я сиде́л на ни́зенькой скаме́ечке под широ́ким кусто́м бузины́; я люби́л э́то месте́чко: отту́да бы́ло ви́дно окно́ Зинаи́диной ко́мнаты. Я сиде́л: над мое́й голово́й в потемне́вшей листве́ хлопотли́во вороши́лась ма́ленькая пти́чка; се́рая ко́шка, вы́тянув спи́ну, осторо́жно кра́лась в сад, и пе́рвые жуки́ тяжело́ гуде́ли в во́здухе, ещё прозра́чном, хотя́ уже́ не све́тлом. Я сиде́л и смотре́л на окно́ — и ждал, не отво́рится ли оно́: то́чно — оно́ отвори́лось, и в нём появи́лась Зинаи́да. На ней бы́ло бе́лое пла́тье — и сама́ она́, её лицо́, пле́чи, ру́ки — бы́ли бле́дны до белизны́. Она́ до́лго остава́лась неподви́жной и до́лго гляде́ла неподви́жно и пря́мо из-под сдви́нутых брове́й. Я и не знал за ней тако́го взгля́да. Пото́м она́ сти́снула ру́ки, кре́пко-кре́пко, поднесла́ их к губа́м, ко лбу — и вдруг, раздёрнув па́льцы, отки́нула во́лосы от уше́й, встряхну́ла и́ми и, с како́й-то реши́тельностью кивну́в све́рху вниз голово́ю, захло́пнула окно́.

Дня три спустя́ она́ встре́тила меня́ в саду́. Я хоте́л уклони́ться в сто́рону, но она́ сама́ меня́ останови́ла.

— Да́йте мне ру́ку, — сказа́ла она́ мне с пре́жней ла́ской, — мы давно́ с ва́ми не болта́ли.

Я взгляну́л на неё: глаза́ её ти́хо свети́лись, и лицо́ улыба́лось, то́чно сквозь ды́мку.

— Вы всё ещё нездоро́вы? — спроси́л я её.

— Нет, тепе́рь всё прошло́, — отвеча́ла она́ и сорвала́ небольшу́ю кра́сную ро́зу. — Я немно́жко уста́ла, но и э́то пройдёт.

— И вы опя́ть бу́дете така́я же, как пре́жде? — спроси́л я.

Зинаи́да поднесла́ ро́зу к лицу́ — и мне показа́лось, как бу́дто о́тблеск я́рких лепестко́в упа́л ей на щёки.

— Ра́зве я измени́лась? — спроси́ла она́ меня́.

— Да, измени́лись, — отве́тил я вполго́лоса.

— Я с ва́ми была́ холодна́ — я зна́ю, — начала́ Зинаи́да, — но вы не должны́ бы́ли обраща́ть на э́то внима́ния . . . Я не могла́ ина́че . . . Ну, да что об э́том говори́ть!

— Вы не хоти́те, чтоб я люби́л вас — вот что! — воскли́кнул я мра́чно, с нево́льным поры́вом.

— Нет, люби́те меня́ — но не так, как пре́жде.

— Как же?

— Бу́демте друзья́ми — вот как! — Зинаи́да дала́ мне поню́хать ро́зу. — Послу́шайте, ведь я гора́здо ста́рше вас — я могла́ бы быть ва́шей тётушкой, пра́во; ну, не тётушкой, ста́ршей сестро́й. А вы . . .

— Я для вас ребёнок. — переби́л я её.

— Ну да, ребёнок, но ми́лый, хоро́ший, у́мный, кото́рого я о́чень люблю́. Зна́ете ли что? Я вас с ны́нешнего же дня жа́лую к себе́ в пажи́; а вы не забыва́йте, что пажи́ не должны́ отлуча́ться от свои́х госпо́ж. Вот вам знак ва́шего но́вого досто́инства, — приба́вила она́, вдева́я ро́зу в пе́тлю мое́й ку́рточки, — знак на́шей к вам ми́лости.

— Я от вас пре́жде получа́л други́е ми́лости, — пробормота́л я.

— А! — промо́лвила Зинаи́да и сбо́ку посмотре́ла на меня́. — Кака́я у него́ па́мять! Что ж! я и тепе́рь гото́ва . . .

И, склони́вшись ко мне, она́ напечатле́ла мне на лоб чи́стый, споко́йный поцелу́й.

Я то́лько посмотре́л на неё — а она́ отверну́лась и, сказа́вши: «Ступа́йте за мной, мой паж», — пошла́ к фли́гелю. Я отпра́вился вслед за не́ю — и всё недоумева́л. «Неуже́ли, — ду́мал я, — э́та кро́ткая, рассуди́тельная де́вушка — та са́мая Зинаи́да, кото́рую я знал?» И похо́дка её мне каза́лась ти́ше — вся её фигу́ра вели́чественнее и стройне́й . . .

И Бо́же мой! с како́й но́вой си́лой разгора́лась во мне любо́вь!

XVI

По́сле обе́да опя́ть собрали́сь во фли́геле го́сти — и княжна́ вы́шла к ним. Всё о́бщество бы́ло налицо́, в по́лном соста́ве, как в тот пе́рвый, незабве́нный для меня́ ве́чер: да́же Нирма́цкий притащи́лся; Майда́нов пришёл в э́тот раз ра́ньше всех — он принёс но́вые стихи́. Начали́сь опя́ть и́гры в фа́нты, но уже́ без пре́жних стра́нных вы́ходок, без дура́честв и шу́ма — цыга́нский элеме́нт исче́з. Зинаи́да дала́ но́вое настрое́ние на́шей схо́дке. Я сиде́л по́дле неё по пра́ву пажа́. Ме́жду про́чим, она́ предложи́ла, что́бы тот, чей фант вы́нется, расска́зывал свой сон; но э́то не удало́сь. Сны выходи́ли ли́бо неинтере́сные (Беловзо́ров ви́дел во сне, что накорми́л свою́ ло́шадь кара́сями и что у ней была́ деревя́нная голова́), ли́бо неесте́ственные, сочинённые. Майда́нов угости́л нас це́лою по́вестью: тут бы́ли и моги́льные скле́пы, и а́нгелы с ли́рами, и говоря́щие цветы́, и несу́щиеся издалека́ зву́ки. Зинаи́да не дала́ ему́ доко́нчить.

— Ко́ли уж де́ло пошло́ на сочине́ния, — сказа́ла

она́, — так пуска́й ка́ждый расска́жет что́-нибудь непреме́нно вы́думанное.

Пе́рвому доста́лось говори́ть тому́ же Беловзо́рову. Молодо́й гуса́р смути́лся.

— Я ничего́ вы́думать не могу́! — воскли́кнул он.

— Каки́е пустяки́! — подхвати́ла Зинаи́да. — Ну, вообрази́те себе́, наприме́р, что вы жена́ты, и расскажи́те нам, как бы вы проводи́ли вре́мя с ва́шей жено́й. Вы бы её за́перли?

— Я бы её за́пер.

— И са́ми бы сиде́ли с ней?

— И сам непреме́нно сиде́л бы с ней.

— Прекра́сно. Ну, а е́сли бы ей э́то надое́ло и она́ бы измени́ла вам?

— Я бы её уби́л.

— А е́сли б она́ убежа́ла?

— Я бы догна́л её и всё-таки бы уби́л.

— Так. Ну, а поло́жим, я была́ бы ва́шей жено́й, что бы вы тогда́ сде́лали?

Беловзо́ров помолча́л.

— Я бы себя́ уби́л . . .

Зинаи́да засмея́лась.

— Я ви́жу, у вас недолга́ пе́сня.

Второ́й фант вы́шел Зинаи́дин. Она́ подняла́ глаза́ к потолку́ и заду́малась.

— Вот, послу́шайте, — начала́ она́, наконе́ц, — что̀ я вы́думала . . . Предста́вьте себе́ великоле́пный черто́г, ле́тнюю ночь и удиви́тельный бал. Бал э́тот даёт молода́я короле́ва. Везде́ зо́лото, мра́мор, хруста́ль, шёлк, огни́, алма́зы, цветы́, куре́нья, все при́хоти ро́скоши.

— Вы лю́бите ро́скошь? — переби́л её Лу́шин.

— Ро́скошь краси́ва, — возрази́ла она́, — я люблю́ всё краси́вое.

— Бо́льше прекра́сного? — спроси́л он.

— Э́то что-то хи́тро, не понима́ю. Не меша́йте мне. Ита́к, бал великоле́пный. Госте́й мно́жество, все они́ мо́лоды, прекра́сны, хра́бры, все без па́мяти влюблены́ в короле́ву.

— Же́нщин нет в числе́ госте́й? — спроси́л Мале́вский.

— Нет — и́ли погоди́те — есть.

— Всё некраси́вые?

— Преле́стные. Но мужчи́ны всё влюблены́ в короле́ву. Она́ высока́ и стройна́; у ней ма́ленькая золота́я диаде́ма на чёрных волоса́х.

Я посмотре́л на Зинаи́ду — и в э́то мгнове́ние она́ мне показа́лась насто́лько вы́ше всех нас, от её бе́лого лба, от её недви́жных брове́й ве́яло таки́м све́тлым умо́м и тако́ю вла́стью, что я поду́мал: «Ты сама́ э́та короле́ва!»

— Все толпя́тся вокру́г неё, — продолжа́ла Зинаи́да, — все расточа́ют пе́ред ней са́мые льсти́вые ре́чи.

— А она́ лю́бит лесть? — спроси́л Лу́шин.

— Како́й несно́сный! всё перебива́ет . . . Кто ж не лю́бит ле́сти?

— Ещё оди́н, после́дний вопро́с, — заме́тил Мале́вский. — У короле́вы есть муж?

— Я об э́том и не поду́мала. Нет, заче́м муж?

— Коне́чно, — подхвати́л Мале́вский, — заче́м муж?

— Silence! — воскли́кнул Майда́нов, кото́рый по-францу́зски говори́л пло́хо.

— Merci, — сказа́ла ему́ Зинаи́да. — Ита́к, короле́ва слу́шает э́ти ре́чи, слу́шает му́зыку, но не гляди́т ни на кого́ из госте́й. Шесть о́кон раскры́ты све́рху до́низу, от потолка́ до по́лу; а за ни́ми тёмное не́бо с больши́ми звёздами да тёмный сад с больши́ми дере́вьями. Короле́ва гляди́т в сад. Там, о́коло дере́вьев, фонта́н: он беле́ет во мра́ке — дли́нный, дли́нный, как привиде́ние. Короле́ва слы́шит сквозь го́вор и му́зыку ти́хий плеск воды́. Она́ смо́трит и ду́мает: вы все, господа́, благоро́дны, у́мны, бога́ты, вы окружи́ли меня́, вы дорожи́те ка́ждым мои́м сло́вом, вы все гото́вы умере́ть у мои́х ног, я владе́ю ва́ми . . . а там, во́зле фонта́на, во́зле э́той пле́щущей воды́, стои́т и ждёт меня́ тот, кого́ я люблю́, кто мно́ю владе́ет. На нём нет ни бога́того пла́тья, ни драгоце́нных камне́й, никто́ его́ не зна́ет, но он ждёт меня́ и уве́рен, что я приду́, — и я приду́, и нет тако́й вла́сти, кото́рая бы останови́ла меня́, когда́ я захочу́ пойти́ к нему́, и оста́ться с ним, и потеря́ться с ним там, в темноте́ са́да, под шо́рох дере́вьев, под плеск фонта́на . . .

Зинаи́да умо́лкла.

— Э́то вы́думка? — хи́тро спроси́л Мале́вский.

Зинаи́да да́же не посмотре́ла на него́.

— А что бы мы сде́лали, господа́, — вдруг заговори́л Лу́шин, — е́сли бы мы бы́ли в числе́ госте́й и зна́ли про э́того счастли́вца у фонта́на?

— Посто́йте, посто́йте, — переби́ла Зинаи́да, — я сама́ скажу́ вам, что бы ка́ждый из вас сде́лал. Вы, Белово́ров, вы́звали бы его́ на ду́эль; вы, Майда́нов, написа́ли бы на него́ эпигра́мму . . . Впро́чем, нет — вы не уме́ете писа́ть эпигра́мм: вы сочини́ли бы на него́ дли́нный ямб, вро́де Ба́рбье и помести́ли бы ва́ше произведе́ние в «Телегра́фе». Вы, Нирма́цкий, за́няли бы у него́ . . . нет, вы бы да́ли ему́ взаймы́ де́нег за проце́нты; вы, до́ктор . . . — Она́ останови́лась. — Вот я про вас не зна́ю, что бы вы сде́лали.

— По зва́нию лейб-ме́дика, — отвеча́л Лушин, — я бы присове́товал короле́ве не дава́ть бало́в, когда́ ей не до госте́й . . .

— Мо́жет быть, вы бы́ли бы пра́вы. А вы, граф? . . .

— А я? — повтори́л со свое́й недо́брой улы́бкой Мале́вский . . .

— А вы бы поднесли́ ему́ отра́вленную конфе́тку.

Лицо́ Мале́вского слегка́ перекоси́лось и при́няло на миг жидо́вское выраже́ние, но он то́тчас же захохота́л.

— Что же каса́ется до вас, Вольдема́р . . . — продолжа́ла Зинаи́да, — впро́чем, дово́льно; дава́йте игра́ть в другу́ю игру́.

— Мсьё Вольдема́р, в ка́честве пажа́ короле́вы, держа́л бы ей шлейф, когда́ бы она́ побежа́ла в сад, — ядови́то заме́тил Мале́вский.

Я вспы́хнул, но Зинаи́да прово́рно положи́ла мне на

плечо́ ру́ку и, приподня́вшись, промо́лвила слегка́ дрожа́щим го́лосом:

— Я никогда́ не дава́ла ва́шему сия́тельству пра́ва быть де́рзким и потому́ прошу́ вас удали́ться. — Она́ указа́ла ему́ на дверь.

— Поми́луйте, княжна́, — пробормота́л Мале́вский и весь побледне́л.

— Княжна́ права́, — воскли́кнул Беловзо́ров и то́же подня́лся.

— Я, ей-Бо́гу, ника́к не ожида́л, — продолжа́л Мале́вский, — в мои́х слова́х, ка́жется, ничего́ не́ было тако́го . . . у меня́ и в мы́слях не́ было оскорби́ть вас . . . Прости́те меня́.

Зина́ида оки́нула его́ холо́дным взгля́дом и хо́лодно усмехну́лась.

— Пожа́луй, оста́ньтесь, — промо́лвила она́ с небре́жным движе́нием руки́. — Мы с мсьё Вольдема́ром напра́сно рассерди́лись. Вам ве́село жа́литься . . . на здоро́вье.

— Прости́те меня́, — ещё раз повтори́л Мале́вский, а я, вспомина́я движе́ние Зина́иды, поду́мал опя́ть, что настоя́щая короле́ва не могла́ бы с бо́льшим досто́инством указа́ть дерзнове́нному на дверь.

Игра́ в фа́нты продолжа́лась недо́лго по́сле э́той небольшо́й сце́ны; всем немно́го ста́ло нело́вко, не сто́лько от само́й э́той сце́ны, ско́лько от друго́го, не совсе́м определённого, но тяжёлого чу́вства. Никто́ о нём не говори́л, но вся́кий сознава́л его́ и в себе́ и в своём сосе́де. Майда́нов прочёл нам свои́ стихи́ — и Мале́вский с преувели́ченным жа́ром расхвали́л их. «Как ему́ тепе́рь хо́чется показа́ться до́брым», — шепну́л мне Лу́шин. Мы ско́ро разошли́сь. На Зина́иду внеза́пно напа́ло разду́мье; княги́ня вы́слала сказа́ть, что у ней голова́ боли́т; Нирма́цкий стал жа́ловаться на свои́ ревма́тизмы . . .

Я до́лго не мог засну́ть, меня́ порази́л расска́з Зина́иды.

— Неуже́ли в нём заключа́лся намёк? — спра́шивал

я самого́ себя́, — и на кого́, на что она́ намека́ла? И е́сли то́чно есть на что намекну́ть . . . как же реши́ться? Нет, нет, не мо́жет быть, — шепта́л я, перевора́чиваясь с одно́й горя́чей щеки́ на другу́ю . . . Но, я вспомина́л выраже́ние лица́ Зинаи́ды во вре́мя её расска́за . . . я вспомина́л восклица́ние, вы́рвавшееся у Лу́шина в Неску́чном, внеза́пные переме́ны в её обраще́нии со мно́ю — и теря́лся в дога́дках. «Кто он?» Э́ти два сло́ва то́чно стоя́ли пе́ред мои́ми глаза́ми, наче́ртанные во мра́ке; то́чно ни́зкое злове́щее о́блако пови́сло надо мно́ю — и я чу́вствовал его́ давле́ние — и ждал, что вот-вот оно́ разрази́тся. Ко мно́гому я привы́к в после́днее вре́мя, на мно́гое насмотре́лся у Засе́киных; их беспоря́дочность, са́льные ога́рки, сло́манные ножи́ и ви́лки, мра́чный Вонифа́тий, обтёрханные го́рничные, мане́ры само́й княги́ни — вся э́та стра́нная жизнь уже́ не поража́ла меня́ бо́лее . . . Но к тому́, что мне сму́тно чу́дилось тепе́рь в Зинаи́де, — я привы́кнуть не мог . . . «Авантюрье́рка», — сказа́ла про неё одна́жды моя́ мать. Авантюрье́рка — она́, мой и́дол, моё божество́! Э́то назва́ние жгло меня́, я стара́лся уйти́ от него́ в поду́шку, я негодова́л — и в то же вре́мя, на что бы я не согласи́лся, чего́ бы я не дал, что́бы то́лько быть тем счастли́вцем у фонта́на! . . .

Кровь во мне загоре́лась и расходи́лась. «Сад . . . фонта́н . . . — поду́мал я. — Пойду́-ка я в сад». Я прово́рно оде́лся и вы́скользнул и́з дому. Ночь была́ темна́, дере́вья чуть шепта́ли; с не́ба па́дал ти́хий холодо́к, от огоро́да тяну́ло за́пахом укро́па. Я обошёл все алле́и; лёгкий звук мои́х шаго́в меня́ и смуща́л и бодри́л; я остана́вливался, ждал и слу́шал, как сту́кало моё се́рдце — кру́пно и ско́ро. Наконе́ц, я прибли́зился к забо́ру и опе́рся на то́нкую жердь. Вдруг — и́ли э́то мне почу́дилось? — в не́скольких шага́х от меня́ промелькну́ла же́нская фигу́ра . . . Я уси́ленно устреми́л взор в темноту́ — я притаи́л дыха́ние. Что э́то? Шаги́ ли мне слы́шатся — и́ли э́то опя́ть стучи́т моё се́рдце? «Кто здесь»? — пролепета́л я едва́ вня́тно. Что э́то опя́ть? пода́вленный ли смех? . . .и́ли шо́рох в ли́стьях... и́ли вздох над са́мым у́хом? Мне ста́ло стра́шно . . . «Кто здесь?» — повтори́л я ещё ти́ше.

Во́здух заструи́лся на мгнове́ние; по не́бу сверкну́ла о́гненная поло́ска: звезда́ покати́лась. «Зинаи́да?» — хоте́л спроси́ть я, но звук за́мер у меня́ на губа́х. И вдруг всё ста́ло глубоко́ безмо́лвно круго́м, как э́то ча́сто быва́ет в среди́не но́чи . . . Да́же кузне́чики переста́ли треща́ть в дере́вьях — то́лько око́шко где́-то звя́кнуло. Я постоя́л, постоя́л и верну́лся в свою́ ко́мнату, к свое́й просты́вшей посте́ли. Я чу́вствовал стра́нное волне́ние: то́чно я ходи́л на свида́ние — и оста́лся одино́ким и прошёл ми́мо чужо́го сча́стья.

XVII

На сле́дующий день я ви́дел Зинаи́ду то́лько ме́льком: она́ е́здила куда́-то с княги́нею на изво́зчике. Зато́ я ви́дел Лу́шина, кото́рый, впро́чем, едва́ удосто́ил меня́ приве́та, и Мале́вского. Молодо́й граф оскла́бился и дружелю́бно заговори́л со мно́ю. Из всех посети́телей флигелька́ он оди́н уме́л втере́ться к нам в дом и полюби́лся ма́тушке. Оте́ц его́ не жа́ловал и обраща́лся с ним до оскорби́тельности ве́жливо.

— Ah, monsieur le page, — на́чал Мале́вский, — о́чень рад вас встре́тить. Что де́лает ва́ша прекра́сная короле́ва?

Его́ све́жее, краси́вое лицо́ так мне бы́ло проти́вно в э́ту мину́ту — и он гляде́л на меня́ так презри́тельно-игри́во, что я не отвеча́л ему́ во́все.

— Вы всё се́рдитесь? — продолжа́л он. — Напра́сно. Ведь не я вас назва́л пажём, а пажи́ быва́ют преиму́щественно у короле́в. Но позво́льте вам заме́тить, что вы ху́до исполня́ете свою́ обя́занность.

— Как так?

— Пажи́ должны́ быть неотлу́чны при свои́х влады́чицах; пажи́ должны́ всё знать, что̀ они́ де́лают, они́ должны́ да́же наблюда́ть за ни́ми, — приба́вил он, пони́зив го́лос, — днём и но́чью.

— Что вы хоти́те сказа́ть?

— Что я хочу́ сказа́ть? Я, ка́жется, я́сно выража́юсь. Днём — и но́чью. Днём ещё так и сяк; днём све́тло и лю́дно; но но́чью — тут как раз жди беды́. Сове́тую вам не спать поноча́м и наблюда́ть, наблюда́ть из всех сил. По́мните — в саду́, но́чью, у фонта́на — вот где на́до карау́лить. Вы мне спаси́бо ска́жете.

Мале́вский засмея́лся и поверну́лся ко мне спино́й. Он, вероя́тно, не придава́л осо́бенного значе́ния тому́, что сказа́л мне; он име́л репута́цию отли́чного мистифика́тора и сла́вился свои́м уме́нием дура́чить люде́й на маскара́дах, чему́ весьма́ спосо́бствовала та почти́ бессозна́тельная лжи́вость, кото́рою бы́ло прони́кнуто всё его́ существо́ . . . Он хоте́л то́лько подразни́ть меня́; но ка́ждое его́ сло́во протекло́ я́дом по всем мои́м жи́лам. Кровь бро́силась мне в го́лову. «А! вот что! — сказа́л я самому́ себе́, — добро́! Ста́ло быть, меня́ неда́ром тяну́ло в сад! Так не быва́ть же э́тому!» — воскли́кнул я гро́мко и уда́рил кулако́м себя́ в грудь, хотя́ я со́бственно и не знал — чему́ не быва́ть. «Сам ли Мале́вский пожа́лует в сад, — ду́мал я (он, мо́жет быть, проболта́лся: на э́то де́рзости у него́ ста́нет, — друго́й ли кто (огра́да на́шего са́да была́ о́чень низка́, и никако́го труда́ не сто́ило переле́зть че́рез неё), — но то́лько несдоброва́ть тому́, кто мне попадётся! Никому́ не сове́тую встреча́ться со мно́ю! Я докажу́ всему́ све́ту и ей, изме́ннице (я та́к-таки и назва́л её изме́нницей), что я уме́ю мстить!»

Я верну́лся к себе́ в ко́мнату, доста́л из пи́сьменного стола́ неда́вно ку́пленный англи́йский но́жик, пощу́пал остриё ле́звия и, нахму́рив бро́ви, с холо́дной и сосредото́ченной реши́тельностью су́нул его́ себе́ в карма́н, то́чно мне таки́е дела́ де́лать бы́ло не в ди́во и не вперво́й. Се́рдце во мне зло́бно приподняло́сь и окамене́ло; я до са́мой но́чи не раздви́нул брове́й и не разжа́л губ, и то и де́ло похáживал взад и вперёд, сти́скивая рукóю в кармáне разогрéвшийся нож и зарáнее приготовля́ясь к чемý-то стрáшному. Эти нóвые, небывáлые ощущéния до тогó занимáли и дáже весели́ли меня́, что сóбственно о Зинаи́де я мáло дýмал. Мне всё мерéщились: Алéко, молодóй цыгáн — «Кудá, красáвец молодóй? — Лежи́ . . .», а потóм: «Ты весь обры́зган крóвью! . . . О, что ты сдéлал? . . .» — «Ничегó!» С какóй жестóкой улы́бкой я повтори́л э́то: ничегó! Отцá нé было дóма; но мáтушка, котóрая с нéкоторого врéмени находи́лась в состоя́нии почти́ постоя́нного глухóго раздражéния, обрати́ла внимáние на мой фатáльный вид и сказáла мне за ýжином: «Чегó ты дýешься, как мышь на крупý?» Я тóлько снисходи́тельно усмехнýлся ей в отвéт и подýмал: «Éсли б они́ знáли!» Прóбило оди́ннадцать часóв; я ушёл к себé, но не раздевáлся, я выжидáл пóлночи; наконéц, проби́ла и онá. «Порá!» — шепнýл я сквозь зýбы и, застегнýвшись дóверху, засучи́в дáже рукавá, отпрáвился в сад.

Я ужé зарáнее вы́брал себé мéсто, где караýлить. На концé сáда, там, где забóр, разделя́вший нáши и засéкинские владéния, упирáлся в óбщую стéну, рослá одинóкая ель. Стóя под её ни́зкими, густы́ми ветвя́ми, я мог хорошó ви́деть, наскóлько позволя́ла ночнáя темнотá, чтò происходи́ло вокрýг; тут же вилáсь дорóжка, котóрая мне всегдá казáлась таи́нственной: онá змеёй проползáла под забóром, носи́вшим в э́том мéсте следы́ перелезáвших ног, и велá к крýглой бесéдке из сплошны́х акáций. Я добрáлся до éли, прислони́лся к её стволý и нáчал караýлить.

Ночь стоя́ла такáя же ти́хая, как и наканýне; но на нéбе бы́ло мéньше туч — и очертáния кустóв, дáже высóких цветóв, яснéе виднéлись. Пéрвые мгновéнья ожидáния бы́ли томи́тельны, почти́ стрáшны. Я на всё реши́лся, я тóлько соображáл: как мне поступи́ть? Загремéть ли: «Кудá идёшь? Стой! сознáйся — и́ли смерть!»

— и́ли про́сто порази́ть . . . Ка́ждый звук, ка́ждый шо́рох и ше́лест каза́лся мне значи́тельным, необыча́йным . . . Я гото́вился . . . Я наклони́лся вперёд . . . Но прошло́ полчаса́, прошёл час; кровь моя́ утиха́ла, холоде́ла; созна́ние, что я напра́сно всё э́то де́лаю, что я да́же не́сколько смешо́н, что Мале́вский подшути́л надо мно́ю, — на́чало прокра́дываться мне в ду́шу. Я поки́нул мою́ заса́ду и обошёл весь сад. Как наро́чно, нигде́ не́ было слы́шно мале́йшего шу́ма; всё поко́илось; да́же соба́ка на́ша спала́, сверну́вшись в клубо́чек у кали́тки. Я взобра́лся на разва́лину оранжере́и, уви́дел пред собо́ю далёкое по́ле, вспо́мнил встре́чу с Зинаи́дой и заду́мался . . .

Я вздро́гнул . . . Мне почу́дился скрип отворя́вшейся две́ри, пото́м лёгкий треск перело́манного сучка́. Я в два прыжка́ спусти́лся с разва́лины — и за́мер на ме́сте. Бы́стрые, лёгкие, но осторо́жные шаги́ я́вственно раздава́лись в саду́. Они́ приближа́лись ко мне. «Вот он . . . Вот он, наконе́ц!» — промча́лось у меня́ по се́рдцу. Я су́дорожно вы́дернул нож из карма́на, су́дорожно раскры́л его́ — каки́е-то кра́сные и́скры закрути́лись у меня́ в глаза́х, от стра́ха и зло́сти на голове́ зашевели́лись во́лосы . . . Шаги́ направля́лись пря́мо на меня́ — я сгиба́лся, я тяну́лся им навстре́чу . . . Показа́лся челове́к . . . Бо́же мой! э́то был мой оте́ц!

Я то́тчас узна́л его́, хотя́ он весь заку́тался в тёмный плащ и шля́пу надви́нул на лицо́. На цы́почках прошёл он ми́мо. Он не заме́тил меня́, хотя́ меня́ ничто́ не скрыва́ло, но я так ско́рчился и съёжился, что, ка́жется, сравня́лся с са́мою землёю. Ревни́вый, гото́вый на уби́йство Оте́лло внеза́пно преврати́лся в шко́льника . . . Я до того́ испуга́лся неожи́данного появле́ния отца́, что да́же на пе́рвых пора́х не заме́тил, отку́да он шёл и куда́ исче́з. Я то́лько тогда́ вы́прямился и поду́мал: «Заче́м э́то оте́ц хо́дит но́чью по са́ду», — когда́ опя́ть всё ути́хло вокру́г. Со стра́ху я урони́л нож в траву́, но да́же иска́ть его́ не стал: мне бы́ло о́чень сты́дно. Я ра́зом отрезви́лся. Возвраща́ясь домо́й, я, одна́ко, подошёл к мое́й скаме́ечке под кусто́м бузины́ и взгляну́л на око́шко Зинаи́диной спа́льни. Небольши́е, немно́го вы́гнутые стёкла око́шка ту́скло сине́ли при сла́бом све́те, па́давшем с ночно́го не́ба. Вдруг — цвет их стал изменя́ться . . . За ни́ми — я э́то ви́дел, ви́дел я́вственно — осторо́жно и ти́хо спуска́лась белова́тая што́ра, спусти́лась до око́нницы — и так и оста́лась неподви́жной.

— Что ж э́то тако́е? — проговори́л я вслух, почти́ нево́льно, когда́ сно́ва очути́лся в свое́й ко́мнате. — Сон, случа́йность и́ли . . . — Предположе́ния, кото́рые внеза́пно вошли́ мне в го́лову, так бы́ли но́вы и стра́нны, что я не смел да́же преда́ться им.

XVIII

Я встал поутру́ с головно́ю бо́лью. Вчера́шнее волне́ние исче́зло. Оно́ замени́лось тяжёлым недоуме́нием и како́ю-то ещё небыва́лою гру́стью — то́чно во мне что́-то умира́ло.

— Что э́то вы смо́трите кро́ликом, у кото́рого вы́нули полови́ну мо́зга? — сказа́л мне, встре́тившись со мно́ю, Лу́шин.

За за́втраком я укра́дкой взгля́дывал то на отца́, то на мать: он был споко́ен, по обыкнове́нию; она́, по обыкнове́нию, та́йно раздража́лась. Я ждал, не заговори́т ли оте́ц со мно́ю дружелю́бно, как э́то иногда́ с ним случа́лось . . . Но он да́же не поласка́л меня́ свое́й вседне́вною, холо́дною ла́ской. «Рассказа́ть всё Зинаи́де? . . . — поду́мал я. — Ведь уж всё равно́ — всё ко́нчено ме́жду на́ми». Я отпра́вился к ней, но не то́лько ничего́ не рассказа́л ей — да́же побесе́довать с ней мне не удало́сь, как бы хоте́лось. К княги́не на вака́нсию прие́хал из Петербу́рга родно́й её сын, каде́т, лет двена́дцати; Зинаи́да то́тчас поручи́ла мне своего́ бра́та.

— Вот вам, — сказа́ла она́, — мой ми́лый Воло́дя

(она́ в пе́рвый раз так меня́ называ́ла), това́рищ. Его́ то́же зову́т Воло́дей. Пожа́луйста, полюби́те его́; он ещё дичо́к, но у него́ се́рдце до́брое. Покажи́те ему́ Неску́чное, гуля́йте с ним, возьми́те его́ под своё покрови́тельство. Не пра́вда ли, вы э́то сде́лаете? вы то́же тако́й до́брый!

Она́ ла́сково положи́ла мне о́бе руки́ на пле́чи — а я совсе́м потеря́лся. Прибы́тие э́того ма́льчика превраща́ло меня́ самого́ в ма́льчика. Я гляде́л мо́лча на каде́та, кото́рый так же безмо́лвно уста́вился на меня́. Зинаи́да расхохота́лась и толкну́ла нас друг на дру́га.

— Да обними́тесь же, де́ти!

Мы обняли́сь.

— Хоти́те, я вас поведу́ в сад? — спроси́л я каде́та.

— Изво́льте-с, — отвеча́л он си́плым, пря́мо каде́тским го́лосом.

Зинаи́да опя́ть рассмея́лась . . . Я успе́л заме́тить, что никогда́ ещё не́ было у ней на лице́ таки́х преле́стных кра́сок. Мы с каде́том отпра́вились. У нас в саду́ стоя́ли ста́ренькие каче́ли. Я его́ посади́л на то́ненькую доще́чку и на́чал его́ кача́ть. Он сиде́л неподви́жно, в но́вом своём мунди́рчике из то́лстого сукна́, с широ́кими золоты́ми позуме́нтами, и кре́пко держа́лся за верёвки.

— Да вы расстегни́те свой воротни́к, — сказа́л я ему́.

— Ничего́-с, мы привы́кли-с, — проговори́л он и отка́шлялся.

Он походи́л на свою́ сестру́: осо́бенно глаза́ её напомина́ли. Мне бы́ло и прия́тно ему́ услу́живать, и в то же вре́мя та же но́ющая грусть ти́хо гры́зла мне се́рдце. «Тепе́рь уж я то́чно ребёнок, — ду́мал я, — а вчера́ . . .» Я вспо́мнил, где я накану́не урони́л но́жик, и отыска́л его́. Каде́т вы́просил его́ у меня́, сорва́л то́лстый сте́бель зори́, вы́резал из него́ ду́дку и принялся́ свиста́ть. Оте́лло посвиста́л то́же.

Но зато́ ве́чером, как он пла́кал, э́тот са́мый Оте́лло, на рука́х Зинаи́ды, когда́, отыска́в его́ в уголку́ са́да, она́ спроси́ла его́, отчего́ он так печа́лен? Слёзы мои́ хлы́нули с тако́й си́лой, что она́ испуга́лась.

— Что с ва́ми? что с ва́ми, Воло́дя? — тверди́ла она́ и, ви́дя, что я не отвеча́ю ей и не перестаю́ пла́кать, взду́мала было поцелова́ть мою́ мо́крую щёку.

Но я отверну́лся от неё и прошепта́л сквозь рыда́ния:

— Я всё зна́ю; заче́м же вы игра́ли мно́ю? . . . На что вам нужна́ была́ моя́ любо́вь?

— Я винова́та пе́ред ва́ми, Воло́дя . . . — промо́лвила Зинаи́да. — Ах, я о́чень винова́та . . . — приба́вила она́ и сти́снула ру́ки. — Ско́лько во мне дурно́го, тёмного, гре́шного . . . Но я тепе́рь не игра́ю ва́ми, я вас люблю́ — вы и не подозрева́ете, почему́ и как . . . Однако что же вы зна́ете?

Что мог я сказа́ть ей? Она́ стоя́ла пе́редо мно́ю и гляде́ла на меня́ — а я принадлежа́л ей весь, с головы́ до ног, как то́лько она́ на меня́ гляде́ла . . . Че́тверть часа́ спустя́ я уже́ бе́гал с каде́том и с Зинаи́дой вза́пуски; я не пла́кал, я смея́лся, хотя́ напу́хшие ве́ки от сме́ха роня́ли слёзы; у меня́ на ше́е, вме́сто га́лстучка, была́ повя́зана ле́нта Зинаи́ды,и я закрича́л от ра́дости, когда́ мне удало́сь пойма́ть её за та́лию. Она́ де́лала со мной всё, что хоте́ла.

XIX

Я пришёл бы в большо́е затрудне́ние, е́сли бы меня́ заста́вили рассказа́ть подро́бно, что̀ происходи́ло со мно́ю в тече́ние неде́ли по́сле моёй неуда́чной ночно́й экспеди́ции. Э́то бы́ло стра́нное, лихора́дочное вре́мя, хао́с како́й-то, в кото́ром са́мые противополо́жные чу́вства, мы́сли, подозре́нья, наде́жды, ра́дости и страда́нья кружи́лись ви́хрем; я страши́лся загляну́ть в себя́, е́сли то́лько шестнадцатиле́тний ма́льчик мо́жет в себя́ загляну́ть, страши́лся отда́ть себе́ отчёт в чём бы то ни́ было; я про́сто спеши́л прожи́ть день до ве́чера; зато́ но́чью я спал . . . де́тское легкомы́слие мне помога́ло. Я не хоте́л знать, лю́бят ли меня́, и не хоте́л созна́ться самому́ себе́, что меня́ не лю́бят; одца́ я избега́л — но Зинаи́ды избега́ть я не мог . . . Меня́ жгло как огнём в её прису́тствии . . . но к чему́ мне бы́ло знать, что э́то был за ого́нь, на кото́ром я горе́л и та́ял, — бла́го мне бы́ло сла́дко та́ять и горе́ть. Я отдава́лся всем своим впечатле́ниям и сам с собо́й лука́вил, отвора́чивался от воспомина́ний и закрыва́л глаза́ пе́ред тем, что предчу́вствовал впереди́ . . . Э́то томле́ние, вероя́тно, до́лго бы не продо́лжилось . . . громово́й уда́р ра́зом всё прекрати́л и перебро́сил меня́ в но́вую колею́.

Верну́вшись одна́жды к обе́ду с дово́льно продолжи́тельной прогу́лки, я с удивле́нием узна́л, что бу́ду обе́дать оди́н, что оте́ц уе́хал, а ма́тушка нездоро́ва, не жела́ет ку́шать и заперла́сь у себя́ в спа́льне. По ли́цам лаке́ев я дога́дывался, что произошло́ не́что необыкнове́нное . . . Расспра́шивать их я не смел, но у меня́ был прия́тель, молодо́й буфе́тчик Фили́пп, стра́стный охо́тник до стихо́в и арти́ст на гита́ре — я к нему́ обрати́лся. От него́ я узна́л, что ме́жду отцо́м и ма́тушкой произошла́ стра́шная сце́на (а в де́вичьей всё бы́ло слы́шно до еди́ного сло́ва; мно́гое бы́ло ска́зано по-францу́зски — да го́рничная Ма́ша пять лет жила́ у швеи́ из Пари́жа и всё понима́ла); что ма́тушка моя́ упрека́ла отца́ в неве́рности, в знако́мстве с сосе́дней ба́рышней, что оте́ц сперва́ опра́вдывался, пото́м вспы́хнул и в свою́ о́чередь сказа́л како́е-то жесто́кое сло́во, «я́кобы об и́хних ле́тах», отчего́ ма́тушка запла́кала; что ма́тушка та́кже упомяну́ла о ве́кселе, бу́дто бы да́нном ста́рой княги́не, и о́чень о ней ду́рно отзыва́лась и о ба́рышне та́кже, и что тут оте́ц ей пригрози́л.

— А произошла́ вся беда́, — продолжа́л Фили́пп, — от безымя́нного письма́; а кто его́ написа́л — неизве́стно; а то бы, как э́тим дела́м нару́жу вы́йти, причи́ны никако́й нет.

— Да ра́зве что́-нибудь бы́ло? — с трудо́м проговори́л я, ме́жду тем как ру́ки и но́ги у меня́ холоде́ли и что́-то задрожа́ло в са́мой глубине́ гру́ди.

Фили́пп знамена́тельно мигну́л.

— Бы́ло. Э́тих дело́в не скро́ешь; уж на что ба́тюшка

ваш в э́том ра́зе осторо́жен — да ведь на́добно ж, приме́рно, каре́ту наня́ть и́ли там что . . . без люде́й не обойдёшься то́же.

Я усла́л Фили́ппа — и повали́лся на посте́ль. Я не зарыда́л, не преда́лся отча́янию; я не спра́шивал себя́, когда́ и как всё э́то случи́лось; не удивля́лся, как я пре́жде, как я давно́ не догада́лся, — я да́же не ропта́л на отца́ . . . То, что я узна́л, бы́ло мне не под си́лу: э́то внеза́пное открове́ние раздави́ло меня́ . . . Всё бы́ло ко́нчено. Все цветы́ мои́ бы́ли вы́рваны ра́зом и лежа́ли вокру́г меня́, разбро́санные и исто́птанные.

XX

Ма́тушка на сле́дующий день объяви́ла, что переезжа́ет в го́род. У́тром оте́ц вошёл к ней в спа́льню и до́лго сиде́л с не́ю наедине́. Никто́ не слы́шал, что̀ он сказа́л ей, но ма́тушка уж не пла́кала бо́льше; она́ успоко́илась и ку́шать потре́бовала — одна́ко не показа́лась и реше́ния своего́ не перемени́ла. По́мнится, я пробро́ди́л це́лый день, но в сад не заходи́л и ни ра́зу не взгляну́л на фли́гель — а ве́чером я был свиде́телем удиви́тельного происше́ствия: оте́ц мой вы́вел гра́фа Мале́вского по́д руку че́рез за́лу в пере́днюю и, в прису́тствии лаке́я, хо́лодно сказа́л ему́: «Не́сколько дней тому́ наза́д ва́шему сия́тельству в одно́м до́ме указа́ли на дверь; а тепе́рь я не бу́ду входи́ть с ва́ми в объясне́ния, но име́ю честь вам доложи́ть, что е́сли вы ещё раз пожа́луете ко мне, то я вас вы́брошу в око́шко. Мне ваш по́черк не нра́вится». Граф наклони́лся, сти́снул зу́бы, съёжился и исче́з.

Начали́сь сбо́ры к переселе́нию в го́род, на Арба́т, где у нас был дом. Отцу́, вероя́тно, самому́ уже́ не хоте́лось бо́лее остава́ться на да́че; но, ви́дно, он успе́л упроси́ть ма́тушку не затева́ть исто́рии. Всё де́лалось ти́хо, не спеша́, ма́тушка веле́ла да́же поклони́ться княги́не и изъяви́ть ей сожале́ние, что по нездоро́вью не уви́дится с ней до отъе́зда. Я броди́л как шально́й — и одного́ то́лько жела́л, как бы поскоре́е всё э́то ко́нчилось. Одна́ мысль не выходи́ла у меня́ из головы́: как могла́ она́, молода́я де́вушка — ну, и всё-таки княжна́, — реши́ться на тако́й посту́пок, зна́я, что мой оте́ц челове́к несвобо́дный, и име́я возмо́жность вы́йти за́муж хоть, наприме́р, за Беловзо́рова? На что же она́ наде́ялась? Как не побоя́лась погуби́ть всю свою́ бу́дущность? Да, ду́мая я, вот э́то — любо́вь, э́то — страсть, э́то — пре́данность . . . и вспомина́лись мне слова́ Лу́шина: же́ртвовать собо́ю сла́дко для ины́х. Ка́к-то пришло́сь мне уви́деть в одно́м из о́кон фли́геля бле́дное пятно́ . . . «Неуже́ли э́то лицо́ Зинаи́ды»? — поду́мал я . . . то́чно, э́то бы́ло её лицо́. Я не вы́терпел. Я не мог расста́ться с не́ю, не сказа́в ей после́днего прости́. Я улучи́л удо́бное мгнове́ние и отпра́вился во фли́гель.

В гости́ной княги́ня встре́тила меня́ свои́м обы́чным, неопря́тно-небре́жным приве́том.

— Что э́то, ба́тюшка, ва́ши так ра́но всполоши́лись? — промо́лвила она́, забива́я таба́к в о́бе ноздри́.

Я посмотре́л на неё, и у меня́ отлегло́ от се́рдца. Сло́во: ве́ксель,ска́занное Фили́ппом, му́чило меня́. Она́ ничего́ не подозрева́ла . . . по кра́йней ме́ре мне тогда́ так показа́лось. Зинаи́да появи́лась из сосе́дней ко́мнаты, в чёрном пла́тье, бле́дная, с развиты́ми волоса́ми; она́ мо́лча взяла́ меня́ за́ руку и увела́ с собо́й.

— Я услы́шала ваш го́лос, — начала́ она́, — и то́тчас вы́шла. И вам так легко́ бы́ло нас поки́нуть, злой ма́льчик?

— Я пришёл с ва́ми прости́ться, княжна́, — отвеча́л я, — вероя́тно, навсегда́. Вы,мо́жет быть, слы́шали — мы уезжа́ем.

Зинаи́да при́стально посмотре́ла на меня́.

— Да, я слы́шала. Спаси́бо, что пришли́. Я уже́ ду́мала, что не уви́жу вас. Не помина́йте меня́ ли́хом. Я иногда́ му́чила вас; но всё-таки я не така́я, како́ю вы меня́ вообража́ете.

Она́ отверну́лась и прислони́лась к окну́.

— Пра́во, я не така́я. Я зна́ю, вы обо мне дурно́го мне́ния.

— Я?

— Да, вы . . . вы.

— Я? — повтори́л я го́рестно, и се́рдце у меня́ задрожа́ло по-пре́жнему под влия́нием неотрази́мого, невырази́мого обая́ния. — Я? Пове́рьте, Зинаи́да Алекса́ндровна, что̀ бы вы ни сде́лали, как бы вы ни му́чили меня́, я бу́ду люби́ть и обожа́ть вас до конца́ дней мои́х.

Она́ бы́стро оберну́лась ко мне и, раскры́в широко́ ру́ки, обняла́ мою́ го́лову и кре́пко и горячо́ поцелова́ла меня́. Бог зна́ет, кого́ иска́л э́тот до́лгий, проща́льный поцелу́й, но я жа́дно вкуси́л его́ сла́дость. Я знал, что он уже́ никогда́ не повтори́тся.

— Проща́йте, проща́йте, — тверди́л я . . .

Она́ вы́рвалась и ушла́. И я удали́лся. Я не в состоя́нии переда́ть чу́вство, с кото́рым я удали́лся. Я бы не жела́л, что́бы оно́ когда́-нибудь повтори́лось; но я почёл бы себя́ несчастли́вым, е́сли бы я никогда́ его́ не испыта́л.

Мы перее́хали в го́род. Не ско́ро я отде́лался от проше́дшего, не ско́ро принялся́ за рабо́ту. Ра́на моя́ ме́дленно зажива́ла; но со́бственно про́тив отца́ у меня́ не́ было никако́го ду́рного чу́вства. Напро́тив: он как бу́дто ещё вы́рос в мои́х глаза́х . . . пуска́й психо́логи объясня́т э́то противоре́чие как зна́ют. Одна́жды я шёл по бульва́ру и, к неопи́санной мое́й ра́дости, столкну́лся с Лу́шиным. Я его́ люби́л за его́ прямо́й и нелицеме́рный нрав, да прито́м он был мне до́рог по воспомина́ниям, кото́рые он во мне возбужда́л. Я бро́сился к нему́.

— Ага́! — промо́лвил он и нахму́рил бро́ви. — Э́то вы, молодо́й челове́к! Покажи́те-ка себя́. Вы всё ещё жёлты, а всё-таки в глаза́х нет пре́жней дря́ни. Челове́ком смо́трите, не ко́мнатной соба́чкой. Э́то хорошо́. Ну, что же вы? рабо́таете?

Я вздохну́л. Лгать мне не хоте́лось, а пра́вду сказа́ть я стыди́лся.

— Ну, ничего́, — продолжа́л Лу́шин, — не робе́йте. Гла́вное де́ло: жить норма́льно и не поддава́ться увлече́ниям. А то что по́льзы? Куда́ бы волна́ ни понесла́ — всё ху́до; челове́к хоть на ка́мне стой, да на свои́х нога́х. Я вот ка́шляю . . . а Беловзо́ров — слыха́ли вы?

— Что тако́е? нет.

— Бе́з ве́сти пропа́л; говоря́т, на Кавка́з уе́хал. Уро́к вам, молодо́й челове́к. А вся шту́ка оттого́, что не уме́ют во́-время расста́ться, разорва́ть се́ти. Вот вы, ка́жется, вы́скочили благополу́чно. Смотри́те же, не попади́тесь опя́ть. Проща́йте.

«Не попаду́сь . . . — ду́мал я, — не уви́жу её бо́льше»; но мне бы́ло суждено́ ещё раз уви́деть Зинаи́ду.

XXI

Оте́ц мой ка́ждый день выезжа́л верхо́м; у него́ была́ сла́вная ры́же-ча́лая англи́йская ло́шадь, с дли́нной то́нкой ше́ей и дли́нными нога́ми, неутоми́мая и зла́я. Её зва́ли Эле́ктрик. Кро́ме отца́, на ней никто́ е́здить не мог. Одна́жды он пришёл ко мне в до́бром расположе́нии ду́ха, чего́ с ним давно́ не быва́ло; он собира́лся вы́ехать и уже́ наде́л шпо́ры. Я стал проси́ть его́ взять меня́ с собо́ю.

— Дава́й лу́чше игра́ть в чехарду́, — отвеча́л мне оте́ц, — а то ты на своём кле́пере за мной не поспе́ешь.

— Поспе́ю; я то́же шпо́ры наде́ну.

— Ну, пожа́луй.

Мы отпра́вились. У меня́ был воро́ненький, косма́тый конёк, кре́пкий на́ ноги и дово́льно ре́звый: пра́вда, ему́ приходи́лось скака́ть во все лопа́тки, когда́ Эле́ктрик шёл по́лной ры́сью, но я всё-таки не отстава́л. Я не ви́дывал вса́дника подо́бного отцу́; он сиде́л так краси́во и небре́жно-ло́вко, что, каза́лось, сама́ ло́шадь под ним э́то чу́вствовала и щеголя́ла им. Мы прое́хали по всем бульва́рам, побыва́ли на Де́вичьем по́ле, перепры́гнули че́рез не́сколько забо́ров (сперва́ я боя́лся пры́гать, но оте́ц презира́л ро́бких люде́й, — и я переста́л боя́ться), перее́хали два́жды че́рез Москву́-реку́ — и я уже́ ду́мал, что мы возвраща́емся домо́й, тем бо́лее что сам оте́ц заме́тил, что ло́шадь моя́ уста́ла, как вдруг он поверну́л от меня́ в сто́рону от Кры́мского бро́ду и поскака́л вдоль бе́рега. Я пусти́лся вслед за ним. Поравня́вшись с высо́кой гру́дой сло́женных ста́рых брёвен, он прово́рно соскочи́л с Эле́ктрика, веле́л мне слезть и, отда́в мне пово́дья своего́ коня́, сказа́л, что́бы я подожда́л его́ тут же у брёвен, а сам поверну́л в небольшо́й переу́лок и исче́з. Я приня́лся расха́живать взад и вперёд вдоль бе́рега, ведя́ за собо́й лошаде́й и браня́сь с Эле́ктриком, кото́рый на ходу́ то и де́ло дёргал голово́й, встря́хивался, фы́ркал, ржал; а когда́ я остана́вливался, попереме́нно рыл копы́том зе́млю, с ви́згом куса́л моего́ кле́пера в ше́ю, сло́вом, вёл себя́ как избало́ванный pur sang. Оте́ц не возвраща́лся. От реки́ несло́ неприя́тной сы́ростью; ме́лкий до́ждик тихо́нько набежа́л и испестри́л кро́шечными тёмными пя́тнами си́льно надое́вшие мне глу́пые, се́рые брёвна, о́коло кото́рых я скита́лся. Тоска́ меня́ брала́, а отца́ не́ было. Како́й-то бу́дочник из чухо́нцев, то́же весь се́рый, с огро́мным ста́рым ки́вером в ви́де горшка́ на голове́ и с алеба́рдой (заче́м, ка́жется, бы́ло бу́дочнику находи́ться на берегу́ Москвы́-реки́!), прибли́зился ко мне и, обрати́в ко мне своё стару́шечье, смо́рщенное лицо́, промо́лвил:

— Что вы здесь де́лаете с лошадьми́, барчу́к? Да́йтека я подержу́.

Я не отвеча́л ему́; он попроси́л у меня́ табаку́. Что́бы отвяза́ться от него́ (к тому́ же нетерпе́ние меня́ му́чило), я сде́лал не́сколько шаго́в к тому́ направле́нию, куда́ удали́лся оте́ц; пото́м прошёл переу́лочек до конца́, поверну́л за́ угол и останови́лся. На у́лице, в сорока́ шага́х от меня́,перед раскры́тым окно́м деревя́нного до́мика, спино́й ко мне стоя́л мой оте́ц; он опира́лся гру́дью на око́нницу, а в до́мике, до полови́ны скры́тая занаве́ской, сиде́ла же́нщина в тёмном пла́тье и разгова́ривала с отцо́м; э́та же́нщина была́ Зинаи́да.

Я остолбенéл. Э́того я, признаю́сь, ника́к не ожида́л. Пéрвым движéнием мои́м бы́ло убежа́ть. «Отéц огля́нется, — поду́мал я, - и я пропа́л . . .» — но стра́нное чу́вство, чу́вство сильнée любопы́тства, сильнée да́же рéвности, сильнée стра́ха — останови́ло меня́. Я стал глядéть, я си́лился прислу́шаться. Каза́лось, отéц наста́ивал на чём-то. Зинаи́да не соглаша́лась. Я как тепéрь ви́жу её лицó — печа́льное, серьёзное, краси́вое и с непередава́емым отпеча́тком прéданности, гру́сти, любви́ и какóго-то отча́яния — я другóго слóва подобра́ть не могу́. Она́ произноси́ла однослóжные слова́, не поднима́ла глаз и тóлько улыба́лась — покóрно и упря́мо. По однóй э́той улы́бке я узна́л мою́ прéжнюю Зинаи́ду. Отéц повёл плеча́ми и попра́вил шля́пу на головé — что̀ у негó всегда́ служи́ло при́знаком нетерпéния . . . Потóм послы́шались слова́: «Vous devez vous séparer de cette . . .» Зинаи́да вы́прямилась и протяну́ла ру́ку . . . Вдруг в глаза́х мои́х соверши́лось невероя́тное дéло: отéц внеза́пно пóднял хлыст, котóрым сбива́л пыль с полы́ своегó сюртука́, — и послы́шался рéзкий уда́р по э́той обнажённой до лóктя рукé. Я едва́ удержа́лся, чтóбы не вскри́кнуть, а Зинаи́да вздрóгнула, мóлча посмотрéла на моегó отца́ и, мéдленно поднеся́ свою́ ру́ку к губа́м, поцелова́ла заалéвшийся на ней рубéц. Отéц швырну́л в стóрону хлыст и, торопли́во взбежа́в на ступéньки крылéчка, ворва́лся в дом . . . Зинаи́да оберну́лась — и, протяну́в ру́ки, заки́нув гóлову, тóже отошла́ от окна́.

С замира́нием испу́га, с каки́м-то у́жасом недоумéния на сéрдце брóсился я наза́д и, пробежа́в переу́лок, чуть не упусти́в Элéктрика, верну́лся на́ берег реки́. Я не мог ничегó сообрази́ть. Я знал, что на моегó холóдного и сдéржанного отца́ находи́ли иногда́ поры́вы бéшенства — и всё-таки я ника́к не мог поня́ть, что̀ я такóе ви́дел . . . Но я тут же почу́вствовал, что, скóлько бы я ни жил, забы́ть э́то движéние, взгляд, улы́бку Зинаи́ды бы́ло для меня́ навсегда́ невозмóжно, что óбраз её, э́тот нóвый, внеза́пно предста́вший пéредо мнóю óбраз, навсегда́ запечатле́лся в мое́й па́мяти. Я гляде́л бессмы́сленно на́ реку и не замеча́л, что у меня́ слёзы лили́сь. Её бьют, ду́мал я . . . бьют . . . бьют . . .

— Ну, что же ты — дава́й мне ло́шадь! — разда́лся за мной го́лос отца́.

Я машина́льно по́дал ему́ пово́дья. Он вскочи́л на Эле́ктрика . . . прозя́бший конь взви́лся на дыбы́ и пры́гнул вперёд на полторы́ са́жени . . . но ско́ро оте́ц укроти́л его́; он вонзи́л ему́ шпо́ры в бока́ и уда́рил его́ кулако́м по ше́е . . . «Эх, хлыста́ не́ту», — пробормота́л он.

Я вспо́мнил неда́вний свист и уда́р э́того са́мого хлыста́ и содрогну́лся.

— Куда́ ж ты дел его́? — спроси́л я отца́ погодя́ немно́го.

Оте́ц не отвеча́л мне и поскака́л вперёд. Я нагна́л его́. Мне непреме́нно хоте́лось ви́деть его́ лицо́.

— Ты соску́чился без меня́? — проговори́л он сквозь зу́бы.

— Немно́жко. Где же ты урони́л свой хлыст? — спроси́л я его́ опя́ть.

Оте́ц бы́стро гляну́л на меня́.

— Я его́ не урони́л, — промо́лвил он, — я его́ бро́сил.

Он заду́мался и опусти́л го́лову . . . и тут-то я в пе́рвый и едва́ ли не в после́дний раз уви́дел, ско́лько не́жности и сожале́ния могли́ вы́разить его́ стро́гие черты́.

Он опя́ть поскака́л, и уж я не мог его́ догна́ть; я прие́хал домо́й че́тверть часа́ по́сле него́.

«Вот э́то любо́вь, — говори́л я себе́ сно́ва, си́дя но́чью пе́ред свои́м пи́сьменным столо́м, на кото́ром уже́ на́чали появля́ться тетра́ди и кни́ги, — э́то страсть! . . . Как, ка́жется, не возмути́ться, как снести́ уда́р от како́й бы то ни́ было! . . . от са́мой ми́лой руки́! А, ви́дно, мо́жно, е́сли лю́бишь . . . А я-то . . . я-то вообража́л . . .»

После́дний ме́сяц меня́ о́чень соста́рил — и моя́ любо́вь, со все́ми свои́ми волне́ниями, и страда́ниями, показа́лась мне самому́ чем-то таки́м ма́леньким, и де́тским, и мизе́рным пе́ред тем други́м, неизве́стным че́м-то, о кото́ром я едва́ мог дога́дываться и кото́рое меня́ пуга́ло, как незнако́мое, краси́вое, но гро́зное лицо́, кото́рое напра́сно си́лишься разгляде́ть в полумра́ке...

Стра́нный и стра́шный сон мне присни́лся в э́ту са́мую ночь. Мне чу́дилось, что я вхожу́ в ни́зкую тёмную ко́мнату . . . Оте́ц стои́т с хлысто́м в руке́ и то́пает нога́ми; в углу́ прижа́лась Зинаи́да, и не на руке́, а на лбу у ней кра́сная черта́ . . . а сза́ди их обо́их поднима́ется весь окрова́вленный Беловзо́ров, раскрыва́ет бле́дные гу́бы и гне́вно грози́т отцу́.

Два ме́сяца спустя́ я поступи́л в университе́т, а че́рез полго́да оте́ц мой сконча́лся (от уда́ра) в Петербу́рге, куда́ то́лько что пересели́лся с мое́й ма́терью и со мно́ю. За не́сколько дней до свое́й сме́рти он получи́л письмо́ из Москвы́, кото́рое его́ чрезвыча́йно взволнова́ло . . . Он ходи́л проси́ть о чём-то ма́тушку и, говоря́т, да́же запла́кал, он, мой оте́ц! В са́мое у́тро того́ дня, когда́ с ним сде́лался уда́р, он на́чал было письмо́ ко мне на францу́зском языке́. «Сын мой, — писа́л он мне, — бо́йся же́нской любви́, бо́йся э́того сча́стья, э́той отра́вы . . .» Ма́тушка по́сле его́ конч́ины посла́ла дово́льно значи́тельную су́мму де́нег в Москву́.

XXII

Прошло́ го́да четы́ре. Я то́лько что вы́шел из университе́та и не знал ещё хороше́нько, что̀ мне нача́ть с собо́ю, в каку́ю дверь стуча́ться: шля́лся пока́ без де́ла. В оди́н прекра́сный ве́чер я в теа́тре встре́тил Майда́нова. Он успе́л жени́ться и поступи́ть на слу́жбу; но я не нашёл в нём переме́ны. Он так же нену́жно восторга́лся и так же внеза́пно па́дал ду́хом.

— Вы зна́ете, — сказа́л он мне, — ме́жду про́чим, госпожа́ До́льская здесь.

— Кака́я госпожа́ До́льская?

— Вы ра́зве забы́ли? бы́вшая княжна́ Засе́кина, в кото́рую мы все бы́ли влюблены́, да и вы́ то́же. По́мните, на да́че, во́зле Нееску́чного.

— Она́ за́мужем за До́льским?

— Да.

— И она́ здесь, в теа́тре?

— Нет, в Петербу́рге, она́ на днях сюда́ прие́хала; собира́ется за грани́цу.

— Что за челове́к её муж? — спроси́л я.

— Прекра́сный ма́лый, с состоя́нием. Сослужи́вец мой моско́вский. Вы понима́ете — по́сле той исто́рии . . . вам э́то всё должно́ быть хорошо́ изве́стно . . . (Майда́нов значи́тельно улыбну́лся) ей не легко́ бы́ло соста́вить себе́ па́ртию; бы́ли после́дствия . . . но с её умо́м всё возмо́жно. Ступа́йте к ней: она́ вам бу́дет о́чень ра́да. Она́ ещё похороше́ла.

Майда́нов дал мне а́дрес Зинаи́ды. Она́ останови́лась в гости́нице Де́мут. Ста́рые воспомина́ния во мне расшевели́лись . . . я дал себе́ сло́во на друго́й же день посети́ть бы́вшую мою́ «па́ссию». Но встре́тились каки́е-то дела́: прошла́ неде́ля, друга́я, и когда́ я, наконе́ц, отпра́вился в гости́ницу Де́мут и спроси́л госпожу́ До́льскую — я узна́л, что она́ четы́ре дня тому́ наза́д умерла́ почти́ внеза́пно от ро́дов.

Меня́ как бу́дто что́-то в се́рдце толкну́ло. Мысль, что я мог её уви́деть и не уви́дел и не уви́жу её никогда́ — э́та го́рькая мысль впила́сь в меня́ со все́ю си́лою неотрази́мого упрёка. «Умерла́!» — повтори́л я, ту́по гля́дя на швейца́ра, ти́хо вы́брался на у́лицу и пошёл, не зна́я сам куда́. Всё проше́дшее ра́зом всплы́ло и вста́ло пе́редо мно́ю. И вот чем разреши́лась, вот к чему́, спеша́ и волну́ясь, стреми́лась э́та молода́я, горя́чая, блиста́тельная жизнь! Я э́то ду́мал, я вообража́л себе́ э́ти дороги́е черты́, э́ти глаза́, э́ти ку́дри — в те́сном я́щике, в сыро́й подзе́мной тьме — тут же, недалеко́ от меня́, пока́ ещё живо́го, и, мо́жет быть, в не́скольких шага́х от моего́ отца́ . . . Я всё э́то ду́мал, я напряга́л своё воображе́ние, а ме́жду тем:

Из равноду́шных уст я слы́шал сме́рти весть,
И равноду́шно ей внима́л я, —

звуча́ло у меня́ в душе́. О мо́лодость! мо́лодость! тебе́ нет ни до чего́ де́ла, ты как бу́дто бы облада́ешь все́ми сокро́вищами вселе́нной, да́же грусть тебя́ те́шит, да́же печа́ль тебе́ к лицу́, ты самоуве́ренна и дерзка́, ты говори́шь: я одна́ живу́ — смотри́те! а у само́й дни бегу́т и исчеза́ют без следа́ и без счёта, и всё в тебе́ исчеза́ет, как воск на со́лнце, как снег . . . И, мо́жет быть, вся та́йна твое́й пре́лести состои́т не в возмо́жности всё сде́лать — а в возмо́жности ду́мать, что ты всё сде́лаешь, — состои́т и́менно в том, что ты пуска́ешь по ве́тру си́лы, кото́рые ни на что друго́е употреби́ть бы не уме́ла, — в том, что ка́ждый из нас не шутя́ счита́ет себя́ расточи́телем, не шутя́ полага́ет, что он впра́ве сказа́ть: «О, что бы я сде́лал, е́сли б я не потеря́л вре́мени да́ром!»

Вот и я . . . на что я наде́ялся, чего́ я ожида́л, каку́ю бога́тую бу́дущность предви́дел, когда́ едва́ проводи́л одни́м вздо́хом, одни́м уны́лым ощуще́нием на миг возни́кший при́зрак мое́й пе́рвой любви́?

А что сбыло́сь из всего́ того́, на что я наде́ялся? И тепе́рь, когда́ уже́ на жизнь мою́ начина́ют набега́ть вече́рние те́ни, что у меня́ оста́лось бо́лее све́жего, бо́лее дорого́го, чем воспомина́ния о той бы́стро пролете́вшей, у́тренней весе́нней грозе́?

Но я напра́сно клевещу́ на себя́. И тогда́, в то легкомы́сленное молодо́е вре́мя, я не оста́лся глух на печа́льный го́лос, воззва́вший ко мне, на торже́ственный звук, долете́вший до меня́ из-за моги́лы. По́мнится, не́сколько дней спустя́ по́сле того́ дня, когда́ я узна́л о сме́рти Зина́иды, я сам, по со́бственному неотрази́мому влече́нию, прису́тствовал при сме́рти одно́й бе́дной стару́шки, жи́вшей в одно́м с на́ми до́ме. Покры́тая лохмо́тьями, на жёстких доска́х, с мешко́м под голово́ю, она́ тру́дно и тяжело́ конча́лась. Вся жизнь её прошла́ в го́рькой борьбе́ с ежедне́вной нуждо́ю; не ви́дела она́ ра́дости, не вкуша́ла от мёду сча́стия — каза́лось, как бы ей не обра́доваться сме́рти, её свобо́де, её поко́ю? А ме́жду тем пока́ её ве́тхое те́ло ещё упо́рствовало, пока́ грудь ещё мучи́тельно вздыма́лась под налёгшей на неё ледене́ящей руко́ю, пока́ её не поки́нули после́дние си́лы, — стару́шка всё крести́лась и всё шепта́ла: «Го́споди, отпусти́ мне гре́хи мои́», — и то́лько с после́дней и́скрой созна́ния исче́зло в её глаза́х выраже́ние стра́ха и у́жаса кончи́ны. И по́мню я, что тут, у о́дра э́той бе́дной стару́шки, мне ста́ло стра́шно за Зинаи́ду, и захоте́лось мне помоли́ться за неё, за отца́ — и за себя́.

ABBREVIATIONS USED IN THE NOTES AND VOCABULARY

abb.	abbreviation	*imperf.*	imperfective
acc.	accusative	*indecl.*	indeclinable
adj.	adjective	*inf.*	infinitive
adv.	adverb	*instr.*	instrumental
aff.	affectionate	*lit.*	literal(ly)
cf.	compare	*loc.*	locative
comp.	comparative	*masc.*	masculine
dat.	dative	*neg.*	negative
decl.	declined	*neut.*	neuter
dim.	diminutive	*part.*	participle
fem.	feminine	*perf.*	perfective
fig.	figurative(ly)	*plur.*	plural
fut.	future	*pres.*	present
gen.	genitive	*sing.*	singular

NOTES ON THE VOCABULARY

Verbs.

Verbs in -ать, -еть or -ять not followed by a bracket are regular verbs of the 1st conjugation; e. g. читáть, я читáю, он читáет.

Verbs in -нуть not followed by a bracket are conjugated like бря́кнуть (бря́кну, бря́кнет) if the ending -нуть is not stressed; but like вдохнýть (вдохнý, вдохнёт) if the -нýть is stressed.

Verbs in -ить not followed by a bracket are conjugated like говори́ть (говорю́, говори́ть) or вспóмнить (вспóмню, вспóмнит).

In the case of other verbs the 1st person sing. (where one exists) and the 3rd person sing. of the present (or perfective future) tense are given in brackets; e. g. блестéть (-ещý, -games) — the dash in the brackets is followed by the last letter of the inf. to remain unchanged; thus the 1st and 3rd persons sing. of the present tense of блестéть are я блещý, он блести́т.

The 3rd person plur. also is given of verbs ending in -чь (and also of бежáть).

The past tense is given where it is not formed regularly (i. e. by replacing the -ть of the inf. by -л for the masc. form) or where the stress changes. In this latter case the masc. sing. is given first followed by the fem., then the neut. and last the plur. (N. B. the plur. is not given if the stress is the same as in the neut. sing.; and neither neut. sing. nor plur. is given if they both have the same stress as the fem. sing.)

The imperf. inf. is given first (where one exists), followed after a slanting stroke by the perf. inf. Thus белéть / по- means that белéть is imperf. and побелéть is the perf. inf. of it.

Three infs. separated by strokes are of "double-imperf." (or "go-come") verbs; e. g. водúть / вестú / повестú.

Advs.

Advs. formed by simply changing the ending of the adj. to -o are not usually given in addition to the adj.

Diminutives.

There are many degrees of diminutives in Russian, and no attempt has been made to "grade" them, except in so far as the 4-volume dictionary of the Academy of Sciences by A. P. Evgeneva (and others) (Moscow, 1957—1961) gives them the note "diminutive" or "diminutive of affection". Turgenev in "First Love" makes considerable use at times of diminutives. The reader should decide for himself when they add an atmosphere of familiarity or even tenderness and when they remain "neutral"; as even those classified as "aff. dim." do not always carry any suggestion of the writer's feelings towards the objects concerned, or even of smallness.

F. G. G.

NOTES ON POINTS OF GRAMMAR, ETC.

Page 1

— Посвящено́ П. В. А́нненкову
dedicated to Pavel Vasilievich Annenkov (1813—1887), literary critic and lifelong friend of Turgenev.

— полови́ну пе́рвого
half-past twelve; lit. „half of the first (hour)“.

— да
and; да as a conjunction has a rather conversational flavour.

— де́ло решённое
a settled matter; решённый is the passive past part. of реши́ть. Here it is used attributively (i. e. as an adjective); used with the verb быть to form the actual passive it always has short endings, e. g. суждено́ on page 4 .

— глу́бже
deeper; many common adjs. and advs. form their comparative by adding the ending -e to the stem, which then undergoes a consonant change (here к to ж); in a few cases a vowel may also be dropped (in this case о of глубоко́).

— за ва́ми о́чередь
It's your turn.

Page

— лет шести́
at the age of about six; other examples of this use of the gen. in such expressions of age can be found on page 2 (лет сорока́, about 40 years old) and on page 26 (сорока́ двух лет, at the age of 42). The number comes after the noun if it is not used exactly.

— Так как же быть?
Well, what can one do about it?

2

— всё... шло как по ма́слу
all went swimmingly (lit. "as if in oil or butter").

— двумя́ слова́ми
in (lit. "with") two words; when a number is itself declined the noun dependent on it is put in the same case (двумя́ is the instr. of два).

— принадлежи́т... к...
belongs ... to; when принадлежа́ть does not express actual ownership, but belonging to a group, etc., it requires the preposition к and not a simple dat.

— лет сорока́
of about forty; see note on page 1 (лет шести́).

— в оди́н го́лос
in one voice (in unison).

— тем лу́чше
All the better (lit. "by that the better").

— настоя́л на своём
stuck to his point.

— вот что стоя́ло
This (or "here") is what was to be found...

page

3

— мне было ... шестна́дцать лет

I was then sixteen years old; this is the regular way of making a statement of a person's age (dat. of the person + быть used impersonally).

— ле́том 1833 го́да

in the summer of 1833; 1833 is also in the gen. (read: ты́сяча восемьсо́т три́дцать тре́тьего го́да, lit. of the 1833rd year).

— о́коло Калу́жской заста́вы, против Нескучного

near the Kaluzhki gate, opposite the Neskuchni (gardens); to the East of the Vorobevy (now "Lenin") Hills.

— никто́ не стесня́л моє́й свобо́ды

nobody hindered my freedom (of movement); свобо́ды is in the gen. as the direct object of a negative verb.

— по це́лым дням

for days at a time; по is now used in Russian in only a few expressions of time (the commonest being with the days of the week, по суббо́там "on Saturdays", etc.).

— у ней не́ было дете́й

she had... no children; ней can be used instead of неё only after у.

— по расчёту

for monetary reasons.

— ста́рше его́ десятью́ года́ми

older than he (was) by ten years; the instr. case is regularly used to denote measure of difference (especially in connection with the comparative); десятью́ is the instr. of де́сять (numbers ending in -ь are declined like feminine nouns in -ь).

page

— проведённых мно́ю

spent by me; passive past parts. used without the verb быть have long endings in agreement with the noun (here неде́ль).

— девя́того ма́я

on the ninth of May; a regular use of the gen. for the date when something happens.

— Нико́лин день

There were two St. Nicholas days: on the 6th Dec. and 9th May.

— курс Кайда́нова

the Kaidanov course; Kaidanov (died 1843) wrote text-books on Russian history.

— наве́янную то ... то ...

touched with a breath of ...; lit. "wafted by"; то... то... means "sometimes... sometimes..." (at times a ringing verse, at others the beauty of the evening).

— уезжа́л оди́н

went off alone; a quite frequent use of оди́н.

— пода́льше

по- + the comp. of an adv. means "somewhat"; да́льше is the comp. of далеко́ (see the note on глу́бже (page 1), in this case к changes to ш and the vowel е drops out, being replaced by ь to show that the л is soft.

— сия́ющий

This is the present active part, used as an adj.

4

— полусо́знанное

half-realized; the prefix полу-used with adjs. does not change in declension as in

page

the case of the same prefix with nouns (e. g. по́лдень, gen. полу́дня, dat. полу́дню).

— ему́ бы́ло суждено́
it (i. e. my expectation) was destined... to be realized; суждено́ is the passive past part. of суди́ть, agreeing with the subject оно́ = ожида́ние.

— не раз
many a time; not to be confused with ни ра́зу ("not once").

— деся́ток
ten; деся́ток is now used mainly i) of things bought in quantities, e. g. деся́ток яиц or ii) with no other numeral in the plur., e. g. деся́тки раз ("dozens of times").

— нажима́вшие
This is the past active part.; compare this with the present active part. сия́ющий a few lines earlier.

— в тот же день
that very same day; же often has this meaning.

— за обе́дом
at dinner; за + instr. often has the meaning "while occupied at", e. g. за столо́м.

— о том, кто бы́ли
about who our... neighbours were; prepositions in Russian cannot, as in English, govern a clause — in such a case the clause in Russian must be preceded by the pronoun то ("this thing, viz."); том (loc. of то) is required in this case because of the preposition о.

page

— услыха́в
hearing (lit. "having heard") услыха́в is the past adv. part. (or gerund).

— на трёх изво́зчиках
трёх is the loc. of три; see also the note on двумя́ слова́ми (page 2).

— прие́хали-с
they came, madame; -с (contracted from су́дарь, etc.) was used by social inferiors to superiors of either sex.

— са́мая пуста́я
most insignificant; preceding an adj. by са́мый (which declines like the adj. itself) is the regular way of forming the superlative.

— на́нятый ей флигелёк
the little wing (of the building) rented by her; на́нятый is the passive past part.; verbs ending in -ереть, -нять, -оть, -уть, -ыть form their passive past part. with the suffix — тый.

— ветх, мал, ни́зок
These are the short forms of the adjs. ве́тхий, ма́ленький, ни́зкий.

— Я... пропусти́л э́то всё ми́мо уше́й
I... took no notice of this.

5

— ,,Разбо́йников" Ши́ллера
Schiller wrote "Die Räuber" in 1781, in his "Sturm und Drang" period.

— о кото́ром зашла́ речь
which has been mentioned.

— отделя́вшему... простира́вшейся...
which separated..., which stretched... etc.; отделя́вший ...простира́вшийся, etc. are past active parts.

page

— четы́ре молоды́е челове́ка
in modern Russian the gen. plur. of the adj. (+ gen. sing. of the noun) is usual after два, три etc. in the case of masc. and neut. nouns.

— цветка́ми
little flowers; in the meaning of "flowers" (not dim.) the plur. of цвето́к is цветы́.

— и меня́
me too

6

— пресле́дуемый
pursued by; пресле́дуемый is the present passive part. of пресле́довать.

— так и
simply.

— мне было . . . сты́дно и ве́село
I felt ashamed and (at the same time) happy; impersonal constructions consisting of dat. of the person + the verb быть (omitted in the pres. tense) and the neut. form of an adj. are a common way of expressing emotions.

— Отдохну́в
When I had had a rest; for another example of the use of the adv. past part. see page 4 (услыха́в).

— Что с тобо́й?
What is the matter with you?

— Я хоте́л было всё рассказа́ть ему́
I was about to tell him everything.

— про себя́
to myself (i. e. so as not to be heard by anyone).

page

— ложáсь спать

Getting into bed; ложáсь is the pres. adv. part. of ложи́ться.

— Как бы с ни́ми познакóмиться?

How should (or could) I (or one) get acquainted with them? The inf. with бы (+ dat. of the person concerned) can express i) desirability, ii) apprehension or iii) fitness; in the above case the addition of мне would make it certain that "I" had the desire to get acquainted.

7

— пóсле чáю

After tea; in modern Russian the form of the gen. masc. nouns in -у or -ю is seldom used with other prepositions than без, из, от, с.

— нáдо мнóю

at me; над and пéред take the form нáдо and пéредо before two consonants.

— по словáм княги́ни

according to the princess's words.

— у ней

See the note on у ней on page 3.

— ,,Я квам обращáюсь

The princess shows how illiterate she is; read к вам... к благорóдной дáме... притóм... прия́тно воспóльзоваться.

— притóм

at the same time.

— вкончáя

In conclusion; кончáя is the pres. adv. part. of кончáть.

— отцá нé было дóма

father was not at home; the normal con-

page

struction when the absence is being stressed rather than presence elsewhere.

— ей нé с кем было посовéтоваться
she had nobody to talk things over with; such clauses in Russian are formed on this pattern: dat. of the person concerned + a word beginning with нé- + быть (in the appropriate tense) + inf.; e. g. нам нéгде бýдет сидéть, we shall have nowhere to sit; if the negative word is нéкто or нéчего governed by a preposition the preposition splits the нé- word (as in the first example; another example: им нé о чём говори́ть, they have nothing to talk about).

— да ещё
and a princess at that.

— мол
that was what she (i. e. my mother) said.

— оказáть её сия́тельству, по мéре сил, услýгу
to show (or do) her grace, so far as lay in her power, a service.

— часý в пéрвом
between twelve and one o'clock.

8

— овладéвшего мнóю смущéния
the embarrassment which had seized me. овладéвший is the past active part. of овладéть.

— к себé в кóмнату
to my own room.

— ведýщую
leading; ведýщий is the present active part of вести́. Present active parts. are

page

formed from the 3rd person plur. of the present tense by replacing the final -т by -щий (-щая, -щее, etc.). They are declined like adjs.

— Чегó вам?
What do you want?

— повернýлся ко мне спинóю
turned his back on me; verbs expressing a movement of the body require the instr. case for the of the part of the body concerned, cf. махáть рукóй (to wave one's hand); the ending -óю is an alternative to -ой in the instr. case only, cf. мной or мнóю.

— квартáл
police-station (pre-revolutionary term).

— Ну, проси́.
Well, ask him in; проси́ is imperative of проси́ть (with the meaning "to invite").

— Пожáлуйте-с
Come, sir; see the note on page 4 (приéхали-с).

9

— лет пяти́десяти
about 50 years old; see the note on page 1 (лет шести́).

— тóчно так-с
Precisely so, madame; see the note on page 4 (приéхали-с).

— бýдьте без церемóнии
don't stand on ceremony (lit. be without...); бýдьте is the imperative of быть.

— У меня́ прóсто
We are simple people (lit. here, in my house (all is) simple).

page

— Как вас зову́т?
What is your name? (lit. how do people call you?); the answer (or complement) can be in the nom. or instr. (Влади́мир / Влади́миром).

10

— А по ба́тюшке?
And your patronymic?

— то́же Влади́миром... зва́ли
his name too was Vladimir; see the note on page 9 (как вас зову́т?).

— мсьё
monsieur.

— не ищи́ ключе́й
don't bother to look for the keys; ищи́ is the imperative of иска́ть.

11

— бо́льшею ча́стью
for the most part, mostly, most often.

— я хочу́, чтоб мне всегда́ пра́вду говори́ли
I want people always to tell me (lit. that they told me) the truth; verbs of wishing, ordering, warning require что́бы (or чтоб) to introduce a dependent clause (and not что).

— гора́здо ста́рше вас
much older than you; with comps. гора́здо is used, and not мно́го; for another example of the gen. after a comp. see page 3 (ста́рше его́).

12

— Я воспо́льзовался тем, что она́ не поднима́ла глаз
I took advantage of the fact that she did not raise her eyes; for the use of the gen.

page

(глаз) see the note on page 2 (никтó не стеснял моéй свобóды).

— всё смелée и смелée
more and more boldly; one can also say just всё смелée or смелée и смелée.

— давнó-то
long ago; the suffix -то adds a suggestion of certainty which is however too vague always to be translatable (perhaps in this case one could add "surely").

— до неё
till I met her.

— на ней было ... плáтье
she wore; an alternative construction to: онá носила... плáтье.

— И как ей всегó не понимáть!
It's in the nature of things that she should understand everything; the construction: dat. of person + inf. (without бы) can express i) inevitability (as here), ii) command, iii) obligation, iv) incredulity, desirability; for the construction with бы see the note on page 6 как бы... познакóмиться.

13

— принесите молокá
bring some milk; the gen. here denotes a quantity (the "partitive" gen.); some short masc. nouns have a special form in -у or -ю for the partitive gen. (e. g. чáшка чáю, кусóк сáхару).

14

— засмеяться ли мне, сказáть ли...
whether to laugh, or to say something, or...; when the original thought (or thing said) was in the form of a direct question

page

("Shall I laugh, etc. ?"), when expressed in a subordinate clause ("indirect question") the particle ли follows the word that is questioned (usually the verb); in the case of further clauses either ли again or и́ли may be used.

— Что ты?
What are you doing or wanting?; the verb is frequently omitted in conversational Russian, here it might be хо́чешь, де́лаешь, сде́лал, etc.

— Оне́ гнева́ются
She; оне́ is the old fem. plur. of они́. The plur. was used as a mark of respect even when speaking to (or about) a single person.

— Что э́то она́ всё смеётся?
Why does she keep on laughing?; что is quite frequently used instead of почему́.

15

— Как бы она́ де́нег взаймы́ не попроси́ла!
Let's hope she doesn't ask for a loan!; бы + past tense in a main clause can express desirability (or after не apprehension), usually with an introductory word (как, скоре́е, хоть, etc.), e. g. хоть бы она́ пришла́ (if only she would come). The desirability may concern behaviour, e. g. вы бы не рабо́тали сего́дня (you ought not to be working to-day).

16

— она́ не в мать . . . и не в отца́
she does not take after her mother, and not after her father either; в + acc. is the regular construction.

page

— тот был тóже образóван, да глуп
he too was well-educated, but stupid; in conversation тот, та and те are sometimes used instead of он etc.; да = but (see note on page 1).

17

— Ю́лий Цéзарь
Julius Caesar.

— за полчасá до обéда
half-an-hour before dinner; за + acc. followed by до + gen. is the normal construction to denote difference in time from a given time; note that дóлго is written as one word with за (e. g. задóлго до войны́, long before the war), and that пéред (+ instr.) can replace до (e. g. незадóлго пéред отъéздом); followed by от + gen., за + acc. can be used in the same way of distance (though less common than в + loc.), e. g. за три киломéтра (в трёх киломéтрах) от гóрода (3 kms. from the town); за is not used with бли́зко or далекó (e. g. далекó от дóма, a long way from the house).

— настоя́щей княжнóй
like a real princess; a common use of the instr. case; cf. the use of the instr. with verbs like звать (note on как вас зову́т, page 9).

— дли́нными лóконами
in long curls (locks).

18

— Зинаи́дина произношéния
of Zinaida's pronunciation; Зинаи́дина is an adj. in the gen. sing. neut. agreeing with произношéния; first names in Russian

page

and a few common nouns of family relationship can form adjs. ending in -ин or -ов (e. g. Ва́нин from Ва́ня, се́стрин from сестра́, отцо́в from оте́ц); such adjs. have a declension which is only partly like that of other adjs., viz. in all but. nom., acc. (where the same as nom.), gen. sing. masc. and neut.; in these cases they decline like nouns (thus: nom. се́стрин брат, се́стрино письмо́, се́стрина кни́га, се́стрины ве́щи, gen. се́стрина бра́та (письма́), dat. се́стрину бра́ту (письму́).

— во вре́мя стола́
during the meal.

— ниче́м не стесня́лась
was not embarrassed by anything.

— Что де́лать! Бы́лы времена́, да прошли́.
What can one do? I had my day, but that has passed.

— Вот и я — сия́тельная, — приба́вила она́..., — да что за честь, коли не́чего есть.
Here I am, with a title,... but what sort of an honour is that, if there is nothing to eat. On the construction не́чего see the note on page 7, ей не с кем...

— Я стоя́л тут же.
I was standing at that very spot.

19

— уви́девши меня́
Past adv. parts. are formed by replacing the -л of the masc. past tense by -в or -вши (the form -вши must be used of reflexive verbs, e. g. верну́вшись), or by adding -ши in the case of those verbs which have no -л in the masc. past tense (e. g. заме́рши from замере́ть).

page

— пойдёмте

As a first person plur. imperative in Russian the 1st person plur. of the future tense is used (e. g. perf. пойдём, imperf. бу́дем чита́ть); in the case of "double-imperf." verbs the present tense can also be used (e. g. идём or пойдём). In all cases -те (as in the 2nd person imperative, etc.) may be added (e. g. идёмте). This imperative (without -те) may be preceded by дава́й (те) (e. g. дава́йте бу́дем чита́ть, дава́йте пойдём).

— Я до того́ сконфу́зился, что...

I became embarrassed to such an extent that...

— Они́

The "plur. of respect"; = он; see the note on оне́ (page 14).

20

— говоря́т вам

You are (being) told.

— Э́то что за бунт?

What sort of a mutiny is this?

— Не́чего ворча́ть

It's no use your grumbling; see the note on page 7 (ей не́ с кем...) lit. there is nothing (for you) to grumble (about). This is a common use of не́чего + inf.

— а то

as it is.

— тот, кому́ вы́нется...

Lit. that one, to whom is taken out...; i. e. he who (or whoever) receives...

21

— Так у нас заведено́

That's the established custom (lit. thus it is established) with us.

page

— для того́, что́бы
in order to; (для того́ can be omitted).

— Каки́х ни приду́мывала она́ штра́фов!
What forfeits did she not think up.

— гро́мче други́х
louder than the rest; гро́мче is comp. of гро́мко; for other examples of the gen. after a comp. see pages 3, 11 (ста́рше его́, гора́здо ста́рше вас).

— в ус не дул и в грош не ста́вил
I didn't care a hoot about (each expression separately denotes unconcern).

22

— накры́вшись
covering ourselves; on the past adv. part. see the note on page 19, уви́девши меня́.

— одни́м и тем же шёлковым платко́м
with the same (or a single) silk scarf (lit. one and the same).

— Да то ли мы ещё проде́лывали
What didn't we get up to!

— ко́нчил тем, что... сдал себе́ в вист все ко́зыри
ended by his dealing (lit. by the fact that he dealt), himself a hand of nothing but trumps.

23

— Княги́ня уж на что была́... ходка́
The princess had energy for anything.

— вкусне́е вся́ких паште́тов
more tasty than any pâtés.

— всего́ одна́ буты́лка
not more than (at most) a single bottle.

— Не́чего бы́ло де́лать!
Nothing could be done about it (there was nothing to be done).

page

25

— тро́нутой души́
a heart moved (touched) i. e. by love.

— тебе́ не́чего к ним таска́ться
there's no point your gadding after them (i. e. you had better give it up).

26

— Быва́ло, ста́ну я рассма́тривать...
to express repetition of an action in the past быва́ло can be used with a verb either in the imperf. past or in the perf. fut. (as here); all the verbs in the perf. fut. in this sentence, including похолоде́ю are dependent on the opening быва́ло; I would (or used to) start examining... and my heart would begin to throb, etc.

— ему́ бы́ло не до меня́ и не до семе́йной жи́зни
He had no time (or inclination) for me or for family life.

— он люби́л друго́е
he was attracted by something different; a common use of the neut. adj.

— сам бери́... а в ру́ки не дава́йся
take what you want yourself and don't be controlled by anybody else.

— сорока́ двух лет
at the age of 42.

27

— г. Ре́ри
a normal abb. for господи́н Ре́ри; г. is also used for год (e. g. 1964 г.) and for го́род (e. g. г. Пу́шкин — formerly Ца́рское Село́).

page

28

— а они́ и не ду́мали
here и = even; it never even entered their heads to...

29

— и неесте́ственным и и́скренним
both unnatural and sincere, at one and the same time unnatural and sincere.

— она́ пло́хо ему́ ве́рила
she was far from convinced of his sincerity (lit. she believed him badly, poorly).

30

— быва́ло ... придёт ли ... вы́йдет ли ... она́ .. ска́жет
all these verbs in the perf. fut. (and also in the next sentence) are dependent on быва́ло (see the note on page 26, быва́ло, ста́ну я рассма́тривать); whether it was Vonifatii who came to report... she would (used to) say...

— что ни случи́тся
whatever it was that happened; ни is used (with or without бы) with an interrogatory word (что, когда́, как, кто etc.) to form concessive clauses (whatever, whenever... whoever); if бы is used as well as ни the past tense must be used (e. g. что бы он ни сде́лал, кто бы э́то ни был whatever he might do (or did, or does), whoever this might be); if бы is not used the verb may be in the past, pres. or fut. according to the sense — the perf. fut. also being used to indicate repetition (whether in past or present); on the use of ли see the note on page 14, засмея́ться ли мне, сказа́ть ли...

page

— го́ря ей ма́ло
it caused her little grief, little did she care.

— э́то не по ва́шей ча́сти
that's not in your line, you're not interested in that.

32

— обе́ими рука́ми
о́ба (о́бе) is declined in the oblique cases (i. e. all except nom. and acc.) like an adj., with the stems обо́- (masc. and neut.), обе́- (fem.).

— заче́м мне бы́ло отвеча́ть ?
what purpose was there in my replying ?

— ушла́ бы я на край све́та
if only I could go off to the other end of the world; on the uses of бы with a finite verb see the note on page 15, как бы она́ де́нег . . . не попроси́ла.

33

— что не люби́ть оно́ не мо́жет
the last two lines of Pushkin's poem (written in 1829) run:

— И се́рдце вновь гори́т и лю́бит — оттого́
— Что не люби́ть оно́ не мо́жет
(That it cannot help loving).

34

— по ме́ре возмо́жности
as far as possible.

— не он ли ?
Is it *he*, is he the one ?

— в после́днее вре́мя
recently.

35

— у вас не то на уме́
you've something else (lit. not that) on your mind.

page

— тем ху́же
all the worse.

— На́шему бра́ту,... мо́жно
For people like me, an old bachelor, it is possible...

— Да так же.
Why, like this (i. e. You know how).

— где вам хитри́ть
in the construction: dat. of person + inf. to express incredulity (see note on page 12, как ей всего́ не понима́ть) either как or где can be used; what's the point of pretending?

— что на душе́, то и на лице́
what is in your heart, that is in your face also (what you feel can be read in your face).

— что толкова́ть?
What's the point of discussing it?

— Хоро́ш же и я
I'm a fine one (to talk about it).

36

— да ма́ло чего́ нет!
what is there a lack of, there is little that is lacking.

— возьми́тесь опя́ть за Кайда́нова!
set about (reading) Kaidanov again; on Kaidanov see the note on page 3.

— така́я жизнь сто́ит того́, чтоб не рискну́ть е́ю за миг удово́льствия
such a way of life is worth not risking (losing) it for the sake of a moment of pleasure.

— опозда́ли по́чтой
you're late with the news (not up to date).

page

— не до капри́зов мне тепе́рь
I'm not in the mood now for whims and fancies; see the note on page 26, ему́ бы́ло не до меня́.

37

— е́сли б я была́ поэ́том
if I were a poet I should choose different subjects; to express a hypothetical condition бы or б is added to е́сли,, and in this case бы (б) must be in the main clause as well (я бы . . . брала́).

38

— И то́лько?
And is that all?

— Гюго́ лу́чше Ба́йрона
Hugo is superior to Byron; Victor Hugo, the leader of the French Romanticists — Byron, the most famous of the "revolutionary" Romanticists in England.

— мой прия́тель Тонкоше́ев
my friend Tonkosheev; A. Tonkosheev wrote the novel "El Trovatore or Vengeance for Vengeance" in 1833.

39

— у Клеопа́тры
Since the time of Pushkin Shakespeare has been well-known and frequently performed in Russia (including "Anthony and Cleopatra").

— Поло́ний в ,,Га́млете''
The reference is to the speech of Polonius in "Hamlet", Act III, Scene V.

— всё странне́й
more and more strange (see the note on page 12, всё смеле́е и смеле́е); -е́й is an alternative to -е́е as an ending in the comp.

page

40

— да и мне было не до того́

Besides I wasn't in the mood for it.

— Я подошёл к ней к ру́чке

I went up and kissed her hand; the usual way in the 19th century in higher social circles of taking one's leave of a lady (even in the family circle).

41

— ветеро́к не ветеро́к

A breath of wind? but no...

— что э́то вы лежи́те в пыли́?

Why are you lying in the dust?; for another example of the use of что with the meaning "why" see page 35, что толкова́ть?

42

— Говоря́т вам

You're being told; i. e. I tell you.

— а то я рассержу́сь

or else I'll get annoyed.

— тепе́рь бы сле́довало взять, вздохну́ть хороше́нько...

now the proper thing to do would be to (take and) have a good sigh...

43

— Заговори́ть самому́ о вчера́шнем де́ле

Shall I broach the subject myself of yesterday's affair; see the note on и как ей всего́ не понима́ть! (page 12).

— я то́лько махну́л руко́й

I merely made a gesture (of helplessness or resignation) with my hand.

— Фре́йтаг

Freitag; a trainer of horses and keeper of stables in Moscow in the 1830s.

page

— сохрани́ Бог, что́ случи́тся
God forbid that anything should happen.

— смотри́те, не коро́ву каку́ю-нибудь
See that it's not some old cow (broken-down or dispirited nag).

44

— Пойду́, мол, размыка́ю своё го́ре
I will go, I said (to myself), and drive away my grief.

— мо́лодость ... пого́да ... во́здух ... поте́ха .. не́га ... — взя́ли своё
youth ... the delight (bliss) of lying on the grass — (all these) came into their own (got the upper hand).

45

— Пуска́й!
Let them (be)!

— И то ли я в состоя́нии ...
What am I not ready to (capable of) ...

— Мати́льду
The reference is to "Mathilde", a novel by Marie Cottin (1770—1807), which concerned the crusades.

— из траге́дии Хомяко́ва
the reference is to Act. V, Scene III of the romantic tragedy "Yermak" of Khomyakov (1804—1860).

— ма́тушкиного кре́сла
mother's armchair; ма́тушкин (from ма́тушка) is an adj. of the type се́стрин; see note on Зинайдина, page 18.

46

Journal des Débats
This periodical became important for its literary articles in the 19th century.

page

— пяти́, шести́ дней

the gen. case of пять, шесть; on the declension of numbers in -ь see the note on page 3, ста́рше его́ десятью́ года́ми

— ра́за по́ два в день

about twice a day; with this distributive meaning по takes the acc. of два (две), три, четы́ре, две́сти, три́ста, дво́е, тро́е but the dat. of other numerals (по одному́, одно́й, сорока́, etc.); e. g. я дам вам по́ две кни́ги, по одному́ я́блоку, I'll give you two books each, an apple each.

47

— ни к селу́ ни к го́роду

for no apparent reason.

— я не мог э́того не заме́тить

I couldn't help noticing this.

— не попада́ться ей на глаза́

not to get within her range of vision.

— происше́дшая в ней переме́на

the change that had taken place in her; происше́дший is the past active part.; these are formed in the same way as past adv. parts.(see note on page 19, уви́девши меня́) but with the ending -ший instead of -ши; although the past tense of идти́, вести́, плести́ (to plait, etc.) ends in -л (шёл, вёл, плёл) they replace this by -д (-т in the case of плести́) in the past adv. and adj. parts. (ше́дши(й); ве́дши(й); плёт-ши(й)).

— Я и не знал за ней тако́го взгля́да

I had never seen (known) such an expression in her eyes before.

— кре́пко-кре́пко

a common way in Russian of making an

page

expression more emphatic; very, very tightly.

48

— бу́демте друзья́ми

let us be friends; on the lst pers. imperative see the note on page 19, пойдёмте.

— жа́лую к себе́ в пажи́

I appoint you my page; the acc. = nom. plur. (and not the gen.) is used, although of animates, after verbs denoting change of status + в + acc., e. g. его́ вы́двинули в помо́щники секретаря́ (he was promoted to assistant secretary); note also он вы́шел в лю́ди (he has made his way in the world).

49

— стройне́й

see note on page 39, всё странне́й

— сочинённые

"composed", fabricated, made-up.

— несу́щиеся издалека́ зву́ки

sounds coming from afar; несу́щийся is the pres. active part. of нести́сь; on the formation of the pres. active part. see the note on page 8, веду́щую; all active parts. (past and pres.) formed from reflexive verbs keep the ending -ся (even after a vowel).

— Коли уж де́ло пошло́ на сочине́ния

Since we have started on fabrications ("made-up" stories).

50

— пуска́й ка́ждый расска́жет

let each one relate; the 3rd pers. imperative is formed by adding the 3rd person (sing. or plur.) of the pres. or perf. fut. of

page

the verb to пускáй (or пусть), e. g. пусть онѝ читáют э́ту кнѝгу (let them go on reading this book).

52

— Барьбé . . . в ,,Телегрáфе''
Henri-Auguste Barbier (1805—1882) wrote the "Imabes" in 1831 (they were directed against the suppressors of the 1830 revolution); the liberal newspaper "Moscow Telegraph" continued from 1825 till 1834.

— когдá ей не до гостéй
When she's not feeling inclined to receive visitors.

56

— меня́ недáром тяну́ло в сад
It was not for nothing that I had felt an urge to go into the garden.

— Так не бывáть же э́тому!
This shall not happen!; for construction with inf. (without бы) see the note on page 12, И как ей всегó не понимáть.

— на э́то дéрзости у негó стáнет
he'll have enough impudence for that.

57

— ,,Кудá, красáвец молодóй . . . Ничегó!''
the quotation is from Pushkin's poem "Цыгáны" (1824) in which Aleko kills first Zemphira's lover and then Zemphira herself.

— пробѝла и онá
онá stands for пóлночь; it struck midnight.

59

— на вакáнсию
вакáнсия is used here for вакáции (plur.) = the vacation.

page

60

— роднóй её сын, кадéт
her own son, a cadet at a military academy.

— не прáвда ли, вы э́то сдéлаете?
You'll do this, won't you?

— Мы с кадéтом
The cadet and I.

61

— пéредо мнóю
See the note on page 7.

— Я не хотéл знать, лю́бят ли меня́
I did not wish to know whether I was loved; in Russian the present tense is used in an indirect question if the original was (or would have been) in the present: the question he didn't want to answer was: "Does she love me?"

62

— но к чему́ мне бы́ло знать
what purpose was there in my knowing (lit. to what purpose was it for me to know).

— а то бы, как э́тим делáм нару́жу вы́йти, причи́ны никакóй нет.
otherwise there would be no reason why such affairs should become public knowledge (leak out).

— э́тих делóв
a fairly common (though incorrect) form for дел.

— уж на что бáтюшка ваш... осторóжен
in spite of your father's being so careful on this occasion.

63

— и́ли там что
там in this case is a particle expressing

page

vague possibility; что = чтó-нибудь; or if anything else…

— без людéй не обойдёшься

you cannot manage without any servants (a meaning that люди commonly had before the revolution).

— то я вас вы́брошу

то here serves simply to show that the subordinate clause (éсли.... ко мне) is ended and the main clause is now beginning; то is usually inserted in this way if the previous clause is not very short; in translation it should be omitted.

— по нездорóвью не уви́дится с ней до отъéзда

On account of her ill-health she would not be meeting her before her departure.

64

— одногó тóлько желáл, как бы поскорéе всё э́то кóнчилось

I wished for only one thing, that (lit. how) this might finish as quickly as possible.

— Я не вы́терпел

I could not stand it.

— не сказáв ей послéднего прости́

without saying a last farewell; прости́ is here used as a noun; other parts of speech when used as nouns are always neut. (e. g. большóе спаси́бо, lit. "a big thank-you").

— вáши так рáно всполоши́лись

your people (the people in your house) were fussing about so early.

65

— Вы обо мне дурнóго мнéния

You have (lit. are of) a bad opinion of me.

page

— что бы вы ни сде́лали, как бы вы ни му́чили меня́
Whatever you may have done (or might do), however you may (or might) have tormented me; on concessive clauses see note on page 30, что ни случи́тся.

— Челове́ком смо́трите
You look like a man (human being).

— Ну, что же вы?
Well, what are you doing?; for a further example of the omission of the verb see page 14, что ты?

66

— А то что по́льзы?
Otherwise what use comes of it?

67

— тем бо́лее что...
all the more because...

— ведя́ за собо́й
leading after him; ведя́ is the pres. adv. part. of вести́ (3rd pers. plur. pres. tense: веду́т).

— заче́м, ка́жется,...
why, it appears (to be the obvious question),...

— Да́йте-ка я подержу́.
Let me hold them for you; -ка added to a command, etc., softens any brusqueness there might otherwise be.

— к тому́ же
moreover.

— в сорока́ шага́х от меня́
40 paces away; the regular construction to give the distance from a given place: в + loc. от + gen.

page

69

— хлыста́ не́ту

there's no riding-crop; не́ту is a more emphatic form of нет (= there is not).

— ты соску́чился без меня́?

You got bored in my absence ?; a common use of без.

— от како́й бы то ни́ было

(coming) from whoever's (hand) it may be.

70

— За не́сколько дней до сме́рти

A few days before his death; see the note on page 17, за полчаса́ до обе́да.

— в каку́ю дверь стуча́ться

at what door to knock; стуча́ться means to knock for a door to be opened, and hence fig. of finding an opening for a career.

— шля́лся пока́ без де́ла

was loafing around meantime out of a job.

71

— собира́ется за грани́цу

is making preparations to go abroad; another example of the omission of the verb, the acc. case indicating that a verb of motion is understood.

— И вот чем разреши́лась... жизнь

So this was what this... life ended up in (how it all finished).

72

— Из равноду́шных уст я слы́шал сме́рти весть,

— И равноду́шно ей внима́л я, —

From unemotional lips I heard the tidings of death
And with no emotion I listened to it.

page

The quotation is from Pushkin's poem: Под нéбом голубы́м страны́ своéй роднóй (1826).

— мóлодость! тебé нет ни до чегó дéла,
Youth! you are indifferent to everything (not concerned about anything).

— а у самóй дни бегýт
but with you too the days are hastening past.

— когдá едвá проводи́л одни́м вздóхом... на миг возни́кший при́зрак моéй пéрвой любви́
When I had hardly accompanied with a single sigh... the phantom of my first love, which loomed up just for one moment; возни́кнуть (as most perf. verbs in -нуть) drops the -нуть in the past tense; hence the past active part. is возни́кший.

ENGLISH INDEX TO THE NOTES ON POINTS OF GRAMMAR, etc.

Abb. г. 27
Adjs., in -ин, -ов 18
Adjs., Neut. used as nouns 26
Comparative 1, 2, 3, 21, 35 39, 49
Comparative, followed by gen. 3, 11, 21, 23, 38
Concessive clauses 31, 65, 69
Dates 3
Declension of numbers 2, 3, 4, 11, 46
Declension of óба 32
Expressions of age 1, 2, 9, 26
Genitive (direct obj. of neg. verbs) 2
Gerund, see Participles (adv.)
Imperative, 1st Person plur. 19, 48
Imperative, (3rd Person) 50
Impersonal Expressions:
a) neut. adj. (or adv.) + dat. 6
b) impersonal verbs 56
Indirect questions 14, 61
Infinitive + dat. of person 6, 7, 12, 35, 43
Instrumental Case:
a) for measure of difference 3
b) with бывáть, казáться, звать 9
c) = like 17, 65
Numbers after nouns 1
Omission of verbs, see Verb.
Participles
a) active i) pres. 8, 49
ii) past 4, 5, 8, 47, 72
b) adverbial (or "gerund")
i) pres. 6, 67
ii) past 4, 6, 19, 22
c) passive i) pres. 6
ii) past 1, 4
Partitive genitive 13
Plural "of respect" 14, 19
Short form of adjs. 4
Time (by the clock) 1
Verb omitted 14, 65, 66, 71

RUSSIAN INDEX TO THE NOTES ON POINTS OF GRAMMAR etc.

бы 6, 15, 32, 37, 42, 65, 69
бывáло 26, 30
бы́ло + personal verb 8
в (+ loc.) от (+ gen.) 17, 67
в (+ acc. = taking after) 16
в (+ acc. = nom. of persons) 48
вот 2, 18
всё + comp. 12, 39
г. (abb.) 27
да (conj.) 1, 16, 40
до (= to the point of) 19
до (= in the mood for) 26, 36, 40, 52
-ей = -ее 39, 49
же 4, 18
за (+ ac.) до (+ gen.) 17, 70
-ин, -ов (adjs. in) 18
-ка 67
ли 14, 30, 61
нáдо, передо 7
не- 7, 20, 23, 25
ни (concessive) 30
ни (negative) 72
óба (decl.) 32
-ою 8
по (in expressions of time) 3
по (with distributive meaning) 46
по- (+ comp.) 3
полу- 3
пускáй 45, 50
-с 4, 8
сáмый 4
так и 6
тем (+ comp.) 2, 35, 67
то (referring to following clause) 4, 12
то (before main clause) 63
то (тем, etc.), что 22
тот = он 16
-у (-ю) (gen. ending) 7, 13
у ней 3
чемý see что (к чемý, etc.).
что (= why) 14, 35, 41
что = чтó-нибудь 63
что (к чемý, etc.) 62
что (чем, etc.) (= a thing which) 71
чтóбы (чтоб) 11

VOCABULARY

A

а, eh; and, but
авантюрьéрке, adventuress.
áдрес, adress
акáция, acacia
актёрский, actor's, of an actor
акцéнт, accent
алебáрда, halberd
аллéя, path
алмáз, diamond
áлый, (bright-)red
áнгел, angel
англи́йский, English
арáп, (blacka)moor
арти́ст, artist
атмосфéра, atmosphere

Б

бáбочка, butterfly
бал, ball, dance
баловáть, (-лýю, -лýет) / из-, to spoil
барáн, sheep
барéжевый, made of "barège" (a gauzy silk material)
бáрский, noble
бáрхатный, velvety
барчýк, young master; young nobleman
бáрышня, young lady
бáтюшка, father; my dear fellow
бéгать / бежáть (бегý, бежи́т, бегýт) / побежáть, to run; **бéгать глазáми,** (no perf.), to shift one's gaze (to avoid another's eyes).
бедá, misfortune
бéдность, poverty
бéдный, poor; destitute
без (+ gen.), without; in the absence of
безгрáмотный, illiterate
безжáлостный, pitiless
безмóлвный, mute, silent
безобрáзие, ugliness
безобрáзный, ugly
безотвéтный, not answerable; unconcered (rare in this meaning); meek, mild
безýмный, mad
безымя́нный, anonymous; vague
белéть (no perf.), to show (up) white
белéть / по-, to become white
белизнá, witeness
беловáтый, whitish
белокýрый, fair; pink and white
бéлый, white
берёза, birch-tree
бесéдка, summer-house, arbour
беспéчность, unconcern
беспокóйный, restless
беспокóйство, anxiety, uneasiness
беспоря́док, disorder, untidiness

беспоря́дочность, untidiness
беспоря́дочный, confused, aimless; slovenly
беспреста́нный, incessant
бессмы́сленный, senseless; inane
бессозна́тельный, unconcious
бесцеремо́нный, unceremonious
бе́шенство, fury, rage
биле́т, ticket, card
бить (бью, бьёт) (no perf.), to beat; / **про-,** to strike (of a clock).
бла́го, (conj.), seeing that
благоволи́ть (**к** + dat.) (no perf.), to regard with favour
благополу́чие, well-being
благополу́чный, safe (and sound)
благоро́дный, noble
благослове́ние, blessing
блаже́нство, bliss, felicity
бледне́ть / по-, to turn pale
бле́дно-си́ний, pale-blue
бле́дный, pale
блесте́ть (-ещу́, -ести́т) / блесну́ть, to shine, sparkle
бли́зкий, close
бли́зость, nearness, proximity
блиста́ние, light; flash
блиста́тельный, brilliant
блю́дечко, saucer
блю́до, dish
бога́тый, rich
бодри́ть (no perf.), to stimulate; to cheer up
Бо́же мой, good Lord, my goodness
божество́, deity
бо́йкий, smart, lively, perky
бок, side
бо́лее, more
боле́ть (-ли́т) (no perf.), to ache, hurt
боло́тный, marshy
болта́ть (no perf.), to chatter
боль, ache, pain
бо́льно, painful; extremely
больно́й, ill
бо́льше, more (often)
бо́льший, greater
большо́й, big; grown-up
бормота́ть (-очу́, -о́чет) / про-, to mutter
борьба́, struggle
боти́нок, high shoe; boot
боя́ться (-ою́сь, -ои́тся) (no perf.) (+ gen.), to be afraid of
бра́во, bravo
брак, marriage
брани́ть / по-, to scold
брани́ться / по-, to swear, be abusive
брат, brother
брать (беру́, берёт; брал, -ала́, -а́ло) / взять (возьму́, возьмёт; взял, взяла́, взя́ло), to take
бра́ться (беру́сь, берётся; бра́лся, брала́сь) / взя́ться (возьму́сь, возьмётся; взя́лся, взяла́сь) (**за** + acc.), to start on
бревно́, log of wood
бровь, eyebrow
брод, ford
броди́ть (-ожу́, -о́дит) / брести́ (-еду́, -едёт; брёл, брела́) / побрести́, to stroll
броди́ть (-о́дит) (no perf.), to ferment, seethe, course
броса́ть / бро́сить (-о́шу, -о́сит) to throw; to abandon

броса́ться / бро́ситься (-о́шусь, -о́ситься), to throw oneself; to rush
брюне́т, dark-haired man
бря́кать / бря́кнуть, to rattle; to blurt out
бу́бен, tambourine
бубе́нчик, bell; cymbal
бу́дочник, policeman
бу́дто; как бу́дто, as if; **бу́дто бы** supposedly
бу́дущее, (noun decl. as adj.), future
бу́дущность, future
бузина́, elder(-berry)
бу́йный, stormy, turbulent
бу́ква, letter
була́вка, pin
бульва́р, boulevard
бума́га, paper
бунт, mutiny
бу́рый, brown
буты́лка, bottle
буфе́тчик, barman
быва́ть, to happen (from time to time)
бы́вший, former
быль, true story
бы́стрый, quick

В

ва́жность, importance
ва́жный, important
вака́нсия, vacancy
вакха́нка, Bacchante
вали́ться (-алю́сь, -а́лится) / по-, to fall about; to flop down
вдаль, into the distance
вдева́ть / вдеть (-е́ну, -е́нет), to put in
вдоль (+ gen.), along
вдруг, suddenly
ведь, surely; after all
ве́жливость, courtesy
ве́жливый, courteous, polite
везде́, everywhere
век, century; age; for ages
ве́ко (plur. **-и**), eyelid
ве́ксель, bill of exchange
ве́ксельный, concerned with a bill of exchange
веле́ть (-лю́, -ли́т) (imperf. and perf.), to give an order
вели́кий, great
великоду́шный, magnanimous
великоле́пный, splendid, magnificent
велича́йший, supreme
вели́чественный, majestic, grand
величина́, magnitude, size
вено́к, garland
верёвка, rope, cord
верёвочка, children's game, in which the players in a circle hold an endless piece of cord which they continually move, while one standing in the middle tries to strike one of them on the hand and not the cord between
ве́рить / по- (+ dat.), to believe
верну́ться, see **возвраща́ться**
вероя́тный, probable
верте́ть (-ерчу́, -е́ртит) (+ instr.), to twist (round one's little finger)
верхово́й, riding
верхо́м, on horseback
весели́ть / раз-, to cheer (up)
весёлость, gaiety
весёлый, gay

весе́нний, (of) spring
вести́, see **води́ть**
вести́ себя́ (no perf.), to behave
весть, news; **без ве́сти пропа́сть,** to be lost (without trace)
весь (neut **всё,** plur. **все**), all
весьма́, very, most; quite
ветвь, branch
ве́тер, wind
ветеро́к, slight wind
ве́тка, branch
ве́треный, windy
ве́тхий, decrepit
ветчина́, ham
ве́чер, evening
вече́рний, (of) evening
вещь, thing
ве́ять (-е́ю, -е́ет) по-, to breathe, be wafted
взад и вперёд, back and forth
взаймы́, on loan
вза́пуски: бе́гать вза́пуски, to chase one another
взбега́ть, взбежа́ть (-егу́, -ежи́т, -егу́т), to run up
взберу́сь, see **взбира́ться**
взбира́ться / взобра́ться (взберу́сь, взберётся; -а́лся, -ала́сь), to climb
взвива́ться / взви́ться (взовью́сь, взовётся), to rear (up)
взволнова́ть, see **волнова́ть**
взгля́дывать / взгляну́ть (-яну́, -я́нет), to glance
вздор, nonsense
вздо́рный, absurd, ridiculous
вздох, sigh
вздохну́ть, see **вздыха́ть**
вздра́гивать / вздро́гнуть, to start; to wince
взду́мать (no imperf.), to take it into one's head
вздыма́ться (no perf.), to rise
вздыха́ть / вздохну́ть, to sigh; to breathe
взма́хивать / взмахну́ть, to flap, wave; to toss back
взобра́ться, see **взбира́ться**
взор, gaze
взро́слый, grown-up
взъеро́шенный, dishevelled
взыва́ть / воззва́ть (-зову́, -зовёт; -а́л, -а́ла) (к + dat.), to appeal (to)
взять (возьму́, возьмёт; взял, взяла́, взя́ло) (+ inf.), to take and...
взя́ться, see **бра́ться**
вид, appearance, air; aspect; **в ви́де,** (+ gen.), by way of; in the shape of
вида́ть / у-, to see
ви́деть (-и́жу, -и́дит) / у-, to see
ви́деться (-и́жусь, -и́дится) (с + instr.), to see (each other)
ви́димый, visible; apparent
видне́ться (no perf.), to be visible
ви́дный, visible
ви́дывать, (no perf.), to see (more than once or at any time)
визг, squeal
ви́лка, fork
вино́, wine
винова́тый, guilty, to blame
вино́вница, culprit, cause
висе́ть (-ишу́, -иси́т), to hang
висо́к (plur. **виски́**), temple
вист, whist; hand of cards
ви́ться (вьюсь, вьётся; ви́лся, вила́сь) (no perf.), to wind
вихрь (masc.), whirlwind

вишь, see!
вкус, taste
вку́сный, tasty
вкуша́ть / вкуси́ть (-ушу́, -у́сит), to partake of, taste
владе́ние, property
владе́ть (+ instr.), to own; to reign over
влады́чица, sovereign
власть, power, authority
влече́ние, attraction
влечь (-еку́, -ечёт, -еку́т; влёк, влекла́) (no perf.), to attract
влия́ние, influence
влюби́ться, see **влюбля́ться**
влюблённый, in love
влюбля́ться / влюби́ться (-юблю́сь, -ю́бится) (в + acc.), to fall in love (with)
вме́сто (+ gen.), instead of
вме́шиваться / вмеша́ться, to interfere, butt in
внаймы́, for rent
внеза́пный, sudden
вниз, down below, down (stairs)
внима́ние, attention
внима́тельный, attentive
внима́ть / внять (внял, внягла́, вня́ло) (+ dat.), to heed, listen (to)
вновь, again
вну́тренне, inwardly
вну́тренний, inner, internal
вня́тный, distinct, audible
во́-время, in time, early enough
во́все (не), not at all
во-вторы́х, secondly
вода́, water
води́ть (-ожу́, -о́дит) / вести́ (-еду́, -едёт; вёл, вела́) / повести́, to lead, take
води́ться (-о́дится) (за + instr.) (no perf.), to be a habit (of)
води́ться (-ожу́сь, -о́дится) (с + instr.) (no perf.), to have to do (with)
вое́нный, military
возбужда́ть / возбуди́ть (-ужу́, -уди́т), to excite, arouse
возвраща́ться / верну́ться, to return
возвыша́ть / возвы́сить (-ы́шу, -ы́сит), to raise
во́здух, air
воззва́ть, see **взыва́ть**
во́зле (+ gen.), by, near
возмо́жность: по возмо́жности, as… as possible
возмо́жный, possible
возмуща́ться / возмути́ться (-ущу́сь, -ути́тся), to rebel
возника́ть / возни́кнуть, to arise
возража́ть / возрази́ть (-ажу́, -ази́т), to rejoin, retort, remark
возраже́ние, objection, retort, remark
во́ин, soldier
во́инский, military
войти́, see **входи́ть**
вокру́г (+ gen.), around
волк, wolf
волна́, wave
волне́ние, agitation
волнова́ть (-ну́ю, -ну́ет) / вз-, to agitate, upset
волнова́ться / (-ну́юсь, -ну́ется) / вз,- to get excited, agitated, worked up
во́льный, free
во́ля, will, detemination; freedom

вон, away
вонза́ть / вонзи́ть (-нжу́, -нзи́т), to thrust, plunge
вообража́ть / вообрази́ть (-ажу́ -ази́т), to imagine
воображе́ние, imagination
во-пе́рвых, firstly
вопро́с, question
вопроси́тельный, inquiring, questioning
ворва́ться see **врыва́ться**
воркова́ть (no perf.), to coo
воробе́й, sparrow
воробьи́ный, sparrow's; **воробьи́ная ночь,** night with constant rain, lightning, etc. (such as that described)
воро́на, crow
вороно́й (dim. **воро́ненький**). (jet-) black
воро́та (neut. plur.), (town) gates
воротничо́к (dim. of **воротни́к**), collar
воро́чаться (no perf.), to (toss) and turn; to stir; to return
вороши́ться (-шу́сь, -ши́тся) / раз-, to move about; to stir
ворча́ть (-чу́, -чи́т), to grumble
во́семь, eight
воск, wax
воскли́кнуть see **восклица́ть**
восклица́ние, exclamation
восклица́ть / воскли́кнуть, to exclaim
воспева́ть / воспе́ть (-пою́, -поёт), to sing (someone's praises)
воспита́ние, upbringing
воспи́танный, (well) brought-up
воспо́льзоваться see **по́льзоваться**
воспомина́ние, recollection
восто́рг, delight, joy
восторга́ться (no perf.), to look delighted, get enthusiastic
восто́рженный, ecstatic, of delight
вот, there; here
вот-вот, at any moment
воткну́ть see **втыка́ть**
впада́ть / впасть (-аду́, -адёт), to fall into
впервой = впервы́е, for the first time
вперёд, in front, ahead
впереди́, ahead, in front
впечатле́ние, impression
впива́ться / впи́ться (вопью́сь, вопьётся; past **впи́лся, впила́сь),** to dig into, eat into **впива́ться глаза́ми,** to fasten one's eyes on
вполго́лоса, under one's breath, in a low voice
вполне́, completely, to the full
впосле́дствии, subsequently
вправе: быть впра́ве, to have a right
впро́чем, however
вражде́бный, hostile
вре́дный, harmful, unhealthy
вреза́ться / вре́заться (вре́жусь, вре́жется), to cut into
вре́мя, time; **по времена́м,** at times
вро́де (+ gen.), like
врыва́ться / ворва́ться (-ву́сь, -вётся; past **-а́лся, -ала́сь),** to burst
вса́дник, horseman
всё, all; constantly
всегда́, always
вседне́вный, everyday

вселённая, (noun decl. as adj.), universe
всё-таки, all the same
вскáкивать / **вскочи́ть (-очу́, -óчит),** to jump up
вскачь, at full gallop
вскри́кивать / **вскри́кнуть,** to call out
вслед за + instr., after, following
вслух, aloud
всплывáть / **всплыть (-ыву́, -ывёт;** past **-ы́л, -ылá, -ы́ло),** to come to the surface
всполоши́ться (-шу́сь, -ши́тся) (perf.), to get into a panic; to fuss about
вспоминáть / **вспóмнить,** to recollect, remember
вспы́хивать, вспы́хнуть, to flash, flare up; to blush
вспы́шка, flash
вставáть (-таю́, -таёт) / **встать (-áну, -áнет),** to stand up, get up
встревóженный, alarmed
встрепену́ться (no imperf.), to rouse oneself
встрéтить see **встречáть**
встрéча, meeting
встречáть / **встрéтить (-éчу, -éтит),** to meet
встречáться / **встрéтиться (-éтится),** to happen
встря́хивать / **встряхну́ть** (+ instr.), to shake
встря́хиваться / **встряхну́ться,** to shake oneself
вступáть / **вступи́ть (-уплю́, -у́пит),** to enter, engage (in)
вся́кий, every, any, each
втáйне, secretly
втерéться see **втирáться**
втесня́ться / **втесни́ться,** to force oneself (into)
втирáться / **втерéться (вотру́сь, вотрётся;** past **втёрся, втёрлась),** to insinuate oneself
втори́чно, a second time
втыкáть / **воткну́ть,** to thrust in
входи́ть (-ожу́, -óдит) / **войти́ (войду́, войдёт;** past **вошёл, вошлá),** to enter
вчерá, yesterday
вчерáшний, yesterday's
выбегáть / **вы́бежать (-егу, -ежит, -егут),** to run out
выбивáться / **вы́биться (-бьюсь, -бьется) из сил,** to get exhausted
выбирáть / **вы́брать (-беру, -берет),** to choose
выбирáться / **вы́браться (-берусь, -берется),** to get out
вы́бор, choice
выбрáсывать / **вы́бросить (-ошу, -осит),** to throw out
вы́брать(ся) see **выбирáть(ся)**
вы́бросить see **выбрáсывать**
вы́вести see **выводи́ть**
выводи́ть (-ожу́, -óдит) / **вы́вести (-еду, -едет;** past **вы́вел,** etc.), to lead out; to take out
выгля́дывать / **вы́глянуть,** to peep out
вы́гнутый, curved, convex
выговáривать / **вы́говорить,** to utter
выдавáть (-даю́, -даёт) / **вы́дать (-ам, -ашь,** etc.), to give away, betray
выдéлывать / **вы́делать,** to be up to

выдёргивать / вы́дернуть, to pull out
выде́рживать / вы́держать (-жу, -жит), to sustain; **выде́рживать экза́мен,** to pass an examination
вы́дернуть see **выдёргивать**
вы́думка, invention, fiction
выду́мывать / вы́думать, to invent, fabricate
выезжа́ть / вы́ехать (-еду, -едет), to ride out
выжида́ть / вы́ждать (-ду, -дет), to wait (for)
вы́звать see **вызыва́ть**
вызыва́ть / вы́звать (-зову, -зовет), to call (out); to provoke
выи́грывать / вы́играть, to win
выйти see **выходи́ть**
выка́зывать / вы́казать (-ажу, -ажет), to reveal
выкри́кивать / вы́крикнуть, to call, bawl out
вы́куп, redemption, forfeit
вы́мыть, see **мыть**
вы́нести see **выноси́ть**
вынима́ть / вы́нуть, to take out
вынима́тсья / вы́нуться, to be drawn out.
выпра́шивать, вы́просить (-ошу, -осит), to beg
выпрямля́ться / вы́прямиться (-млюсь, -мится), to draw oneself up (straight)
выпуска́ть / вы́пустить (-ущу, -устит), to omit
выража́ть / вы́разить (-ажу, -азит), to express
выража́ться / вы́разиться (-ажусь, -азится), to express oneself; to be expressed
выраже́ние, expression
вырази́тельный, expressive
вы́разить(ся) see **выража́ть(ся)**
вы́рвать see **вырыва́ть**
выреза́ть / вы́резать (-ежу, -ежет), to cut (out)
вы́рос(ший) see **расти́**
вырыва́ть / вы́рвать (-ву, -вет), to pull out
вырыва́ться / вы́рваться (-вусь, -вется), to escape
выска́кивать / вы́скочить (-чу, -чит), to jump out, escape
выска́льзывать / вы́скользнуть, to slip out
вы́слать see **высыла́ть**
выслу́шивать / вы́слушать, to hear out
высо́кий, tall
выступа́ть / вы́ступить (-плю, -пит), to come forward
высыла́ть / вы́слать (вы́шлю, вы́шлет), to send out
вы́терпеть (-плю, -пит) (no imperf.), to endure, undergo, bear
выти́скивать / вы́тискать, to press out, stamp out
вытя́гивать / вы́тянуть, to stretch (out)
выходи́ть (-ожу́, -о́дит) / вы́йти (-ду, -дет; past **вы́шел, вы́шла) (из** + gen.), to come out; to come (of); **(на** + acc.); to face
выходи́ть за́муж, (за + acc.), to get married (to)
вы́ходка, prank, escapade
вы́ше, higher; above
вышина́, height

Г

гадли́вость, revulsion
га́лстук (dim. **га́лстучок**), tie, cravat
гам, din, hubbub
га́русный, worsted
гаси́ть (гашу́, га́сит) / по-, to put out
где, where; (+ dat.), how is it possible?
генера́л-губерна́тор, governor-general
ге́рбовый, heraldic, having a crest
герои́зм, heroism
гимн, hymn
гита́ра, guitar
гла́вный, principal
глаз, eye; **в глаза́,** to one's face; **за глаза́,** in one's absence
глазо́к (aff. dim. of **глаз**), eye
глу́бже (comp. of **глубоко́**), more deeply
глубина́, depth
глубо́кий, deep
глубоча́йший, most profound
глу́пость, stupidity
глу́пый, stupid
глухо́й, muffled, dull; deaf
глу́ше (comp. of **глу́хо**), more hollowly; more deaf(ly)
гне́ваться / раз-, to be angry
гне́вный, angry
гнуша́ться / по- (+ instr.), to be repelled (by)
го́вор, sound of voices; dialect
говори́ть / по-, to speak
говори́ть / сказа́ть (-ажу́, -а́жет), to say
говори́ться: как говори́тся, as the saying goes
годи́ться (-ожу́сь, -оди́тся), (+ dat.), to suit; to be healthy
голова́, head
голо́вка (dim. of **голова́**), head
головно́й, (of the) head
голо́дный, hungry
голубо́й, (pale) blue
го́лубь, pigeon, dove
гора́, hill
гора́здо, much
горди́ться (-ржу́сь, -рди́тся) (+ instr.), to be proud of
го́рдый, proud
горды́чка, proud woman
го́ре, grief
горева́ть (-рю́ю, -рю́ет) (no perf.), to be sad; to grieve
го́рестный, sorrowful
горе́ть (-рю́, -ри́т), to burn
го́рло, throat; **во всё го́рло,** at the top of one's voice
го́рлышко 1. (dim. of **го́рло**) throat; 2. neck (of a bottle)
го́рничная (noun decl. as adj.), chambermaid
горшо́к, pot
го́рький, bitter
горя́чий, hot; ardent; passionate
господа́, (ladies and) gentlemen
Го́споди, Good heavens! O Lord!
господи́н, mister
госпожа́, lady; madame
гости́ная, (noun decl. as adj.), drawing-room
гости́ница, hotel
гость, guest
гото́виться (-влюсь, -вится), to prepare (for); to be imminent
гото́вность, readiness

гото́вый, ready
грани́ца, frontier; **за грани́цу,** abroad
греме́ть (-млю́, -ми́т) / за-, to clatter, jingle; to thunder (out)
грех, sin
гре́шный, sinful
гризе́тка, grisette
гроза́, (thunder) storm
грози́ть (-ожу́, -ози́т) / по-, to shake (threateningly); **при-,** to threaten
гро́зный, threatening
гром, thunder
гро́мкий, loud
громово́й, of thunder
гро́мче (comp. of **гро́мкий** or **гро́мко),** louder; more loudly
гру́да, pile
грудь, bosom, breast
Гру́зия, Georgia
грусти́ть (-ущу́, -усти́т) (no perf.), to be sad
гру́стный, sad
грусть, sadness, grief
грызть (-зу́, -зёт; past **грыз, гры́зла / раз-,** to gnaw (at); (no perf.), to torture
губа́, lip
губи́ть (гублю́, гу́бит) / по-, to ruin
гувернёр, tutor
гуде́ть (гужу́, гуди́т) (no perf.), to buzz, drone
гуля́ть, to stroll, walk; to sport
гуса́р, hussar
гуса́рский, hussar's
густо́й, thick, dense

Д

да (conj.), and; but
дава́ть (даю́, даёт / дать (дам, дашь etc.) (+ inf.), to let; **дава́ть сло́во,** to promise
дава́ться (даю́сь, даётся) / да́ться (да́мся, etc.) **в ру́ки,** to let oneself be caught, snared
дави́ть (давлю́, да́вит) / раз-, to crush
давле́ние, pressure
давно́, long since
да́же, even
далёкий, far away, distant
дари́ть (дарю́, да́рит) / по-, to give
да́ром, in vain, for nothing
да́ча, (country) cottage; villa
два́жды, twice
дверь, door
дви́гаться / дви́нуться, to move
движе́ние, movement
дворе́цкий, (noun decl. as adj.), butler
дева́ть / деть (де́ну, де́нет), to put; to hide
де́вичья, (noun decl. as adj.), maids' room
де́вушка, young woman, girl
девя́тый, ninth
дежу́рство, (turn of) duty
действи́тельно, really, indeed
де́йствовать (-твую, -твует), to act, have an effect
деклами́ровать (-рую, -рует) / про-, to declaim
де́лать / с-, to do
де́латься / с-, to become; to be done; to happen

дéло, affair, matter; thing; **в чём дéло,** what is it about; **имéть дéло** (**с** + instr.), to have to do (with); **то и дéло,** continually
демокрáт, democrat
день, day; **на днях,** the other day
дéньги (plur), money
дёргать / дёрнуть, (+ instr.), to give a jerk; (+ acc.), to tug (at)
дéрево, tree
деревя́нный, wooden
держáть (держý, дéржит), to hold
держáться (держýсь, дéржится) to stay ; (**за** + acc.), to hold on (to); = **держáть себя́,** to behave
дёрзкий, cheeky, impertinent
дерзновéнный, impertinent.
дéрзость, impudence, cheek
деся́ток, ten
дéти, children
дéтский, child's; childish
деть see **девáть**
дешёвый, cheap
диадéма, diadem
диви́ться (-влю́сь, -ви́тся) / по- (+ dat.), to marvel (at)
ди́во: не в ди́во, not amazing
ди́кии, wild, untamed; savage
дитя́, child
дичи́ться (-чýсь, -чи́тся) (no perf.), to be shy (of)
дичóк, shy person
дли́нный, long
днём, by day
до (+ gen.), up to; till; to the point of
добирáться / добрáться (-берýсь, -берётся; past **-áлся, -алáсь),** (**до** + gen.), to get (to), reach
дóбре! or **добрó!,** good! fine!
добродýшный, good-natured, good-tempered
добротá, kindness
дóбрый, good, kind
довéрие, faith, trust
дóверху, to the top
довéрчивый, trustful, trusting
довести́сь see **доводи́ться**
доводи́ться (-вóдиться) / довести́сь (-едётся; past **доведóсь)** (impers.), to have occasion to
довóльно, enough (of (that)
догáдка, guess
догáдываться / догадáться, to guess
догнáть see **догоня́ть**
договáривать / договори́ть, to finish (speaking)
догоня́ть / догнáть (-гоню́, -гóнит; past **-áл, -алá, -áло),** to catch (up)
дóждик (dim. of **дождь**), rain
дожидáться (+ gen.; no perf.), to wait for
докáзывать / доказáть (-ажý, -áжет), to prove
докáнчивать / докóнчить (-чу, -чит), to finish
доклáдывать / доложи́ть (-ожý, -óжит), to report
докóнчить see **докáнчивать**
дóктор, doctor
долг, duty
дóлгий, lengthy
должнó быть, surely, certainly

долета́ть / долете́ть (-ечу́, ети́т) (до + gen.), to fly (as far as), reach
до́лжен, obliged
доли́на, valley
доложи́ть see **докла́дывать**
до́ма, at home
до́мик (dim. of **дом**), house
домо́й, (going) home
до́низу, to the bottom
допуска́ть / допусти́ть (-ущу́, -у́стит), to allow (to become familiar, etc.)
доро́га, road
дорого́й, dear
дорожи́ть (-жу́, -жи́т) (+ instr.; no perf.), to value; to take notice of
доро́жка, path
доска́, board, plank
достава́ть (-таю́, -таёт) / доста́ть (-а́ну, -а́нет), to get
достава́ться (-аю́сь, -аётся) / доста́ться (-а́нусь, -а́нется), to fall to
доставля́ть / доста́вить (-влю, -вит), to supply, give
досто́инство, dignity; merit
дочь, daughter
доще́чка (dim. of **доска́**), plank, board
драгоце́нный, precious
дразни́ть (-азню́, -а́знит) / по-, to tease
дребезжа́ть (-жи́т) (no perf.), to rattle, jangle
дре́вность, antiquity
дро́гнуть see **дрожа́ть**
дрожа́ть (-жу́, -жи́т) / дро́гнуть, to quiver, tremble
дрожь, tremor
друг (plur. **друзья́**), friend
друго́й, other; **на друго́й день,** the next day
дружелю́бный, amicable
дрянно́й, worthless, rotten, despicable
дрянь, trash; silliness
ду́дка, pipe
ду́мать / по-, to think
дунове́ние, breath of wind, zephyr
дура́к, fool
дура́чество, fooling
дура́чить (-чу, -чит) / о-, to fool, play with
дурно́й, bad
дуть (ду́ю, ду́ет), to blow
ду́ться (ду́юсь, ду́ется) / на-, to sulk
дух, spirit, mind; **па́дать ду́хом,** to get despondent
душа́, soul, heart
ду́шный, close, sultry, stuffy
дуэ́ль, duel
дыбы́: на дыбы́, on its hind legs; on end
дым, smoke; haze
дыми́ться / на-, to smoke
ды́мка, haze
ды́мный, hazy
дыха́ние, breathing
дыша́ть (дышу́, ды́шит), to breathe
дя́дька, tutor
дя́тел, woodpecker

Е

едва́, scarcely
еди́нственный, sole
еди́ный, single; every
ежедне́вный, everyday

е́здить (е́зжу, е́здит) / е́хать (е́ду, е́дет) / пое́хать, to go; to drive; to ride
ездо́к, rider
ель, spruce; fir
ёрзать (no perf.), to fidget
есть, there is, there are
есть (ем, ешь etc.; past **ел, е́ла) / съ-,** to eat.
ещё, still; also; moreover; **ещё раз,** once again

Ж

жа́дный, greedy, avid
жа́литься = **жа́лить** (perf. **ужа́лить**), to sting
жа́лко; мне жа́лко (+ acc.), I'm sorry for
жа́ловать (-лую, -лует) / по-, to visit, come
жа́ловать (no perf.), to be kind to; (**в** + acc.), to appoint
жа́ловаться (-луюсь, -луется) / по- (**на** + acc.), to complain (of)
жар, warmth, fervour
жа́ркий, hot
жгли see **жечь**
ждать (жду, ждёт; past **ждал, ждала́, жда́ло),** to wait; to await
жела́ние, desire
жела́ть / по-, to desire
желтова́тый, yellowish
жёлтый, yellow; sallow
жема́нный, mincing; elegant
жена́, wife
жена́тый, married
жени́ться (женю́сь, же́ниться) (perf. and imperf.) (**на** + loc.), to get married (to)
же́нский, female; feminine
же́нщина, woman
жердь, pole
же́ртвовать (-твую, -твует) (+ instr.), to sacrifice
жёсткий, wiry; harsh; hard
жесто́кий, cruel
жечь (жгу, жжёт, жгут; past **жёг, жгла) / с-,** to burn
живо́й, lively; vivid
живу́чий, vital; active
жи́дкий, thin, watery
жидо́вский, Jewish
жизнь, life
жи́ла, vein
жить (живу́, живёт), to live
житьё, existence; stay
жужжа́ть (-жжу́, -жжи́т) (no perf.), to buzz, drone
жук, beetle

З

за: за́ сорок, more than forty
заале́ться (no imperf.), to begin to turn red
забавля́ть (no perf.), to amuse
заба́вный, amusing
забега́ть / забежа́ть (-егу́, -ежи́т, -егу́т) (**к** + dat.), to pay a short visit (to)
забива́ть / заби́ть (-бью́, -бьёт), to cram
забива́ться / заби́ться (-бью́сь, -бьётся), to creep into hiding
забо́р, fence
забо́та, anxiety
забу́дьте see **забы́ть**
забыва́ть / забы́ть (-бу́ду, бу́дет; imperative **забу́дь (те)),** to forget

завести́ see **заводи́ть**
заве́шенный, curtained (off)
зави́сеть (-и́шу, -и́сит) (от + gen.) (no perf.), to depend (on)
заводи́ть (-ожу́, -о́дит) / **завести́ (-еду́, -едёт;** past **-ёл, -ела́),** to establish
за́втрак, breakfast
за́втрашний, to-morrow's
зага́дочный, mysterious, enigmatic
загла́вный, capital; title-
загля́дывать / **загляну́ть (-яну́, -я́нет),** to peep (in)
загова́ривать / **заговори́ть,** to begin to speak
загора́ться / **загоре́ться (-рю́сь -ри́тся),** to catch fire
загреме́ть see **греме́ть**
за́дний, back, rear
задрожа́ть (-жу́, -жи́т) (no imperf. in this meaning), to begin to tremble, quiver
заду́мчивый, pensive
заду́мчивость, pensiveness; reverie
заду́мываться / **заду́маться,** to become pensive
залива́ть / **зажи́ть (-ивёт;** past **за́жил, зажила́, за́жило),** to heal
зажи́точный, well-to-do
зажму́риваться / **зажму́риться,** to screw up one's eyes
зазвене́ть (-ни́т) (perf.), to (begin to) ring, clank
зазева́ться (no imperf.), to gape about
заигра́ть (no imperf.), to begin to play
заи́скивать, to curry favour, fawn
зайти́ see **заходи́ть**
зака́нчиваться / **зако́нчиться,** (+ instr.), to end (in, with)
заки́дывать / **заки́нуть,** to toss back
закипа́ть / **закипе́ть (-пи́т),** to begin to boil, seethe; to be in full swing
заключа́ться (no perf.), to be contained
заключе́ние, conclusion
зако́н, law
закрича́ть see **крича́ть**
закрути́ться (-учу́сь, -у́тится) (no imperf.) to begin to swirl or turn
закрыва́ть / **закры́ть (-ро́ю, -ро́ет),** to shut, close; to cover
заку́ривать / **закури́ть (-урю́, -у́рит),** to light up; to begin to smoke
заку́сывать / **закуси́ть (-ушу́, -у́сит),** to bite (one's tongue)
заку́тываться / **заку́таться,** to wrap oneself up
зал, hall, reception-room
заменя́ть / **замени́ть (-еню́, -е́нит),** to replace; to change
заменя́ться / **замени́ться (-еню́сь, -е́нится),** to be replaced
замере́ть see **замира́ть**
замеша́тельство, confusion
замира́ние, sinking (of the heart)
замира́ть / **замере́ть (-мру́, -мрёт;** past **за́мер, замерла́, за́мерло),** to be struck dumb; to stand still; to die away
замеча́ть / **заме́тить (-ме́чу, -ме́тит),** to notice; to remark

за́муж: вы́йти за́муж, to get married
за́мужем, married (of a woman)
замурлы́кать see **мурлы́кать;** also: to begin to purr
занаве́ска, curtain
занима́тельный, interesting
занима́ть / заня́ть (займу́, займёт; past **за́нял, заняла́, за́няло),** to occupy; to entertain
занима́ться / заня́ться (займу́сь, займётся; past **-ялся́, -яла́сь),** to be engaged; to be busy, work; to break (of the dawn, etc.)
заня́тие, occupation; (plur.), studies, work
за́нятый, occupied, busy
запада́ть / запа́сть (-адёт; past **-а́л),** to fall back,; to sink deep
за́пах, smell, scent
запе́ть (-пою́, -поёт) (no imperf.), to begin to sing
запечатлева́ться / запечатле́ться, to be imprinted, impressed
запеча́тывать / запеча́тать, to seal (up)
запи́нка, hesitation (in speech), stammering
запира́ть / запере́ть (-пру́, -прёт; past **за́пер, заперла́, за́перло),** to lock up
запира́ться / запере́ться (-пру́сь, -прётся, past **заперся́, заперла́сь),** to lock oneself up
запи́ска, note
запи́сывать / записа́ть (-ишу́, -и́шет), to write down
запла́кать see **пла́кать**
запуска́ть / запусти́ть (-ущу́, -у́стит), to thrust
запылённый, covered with dust
заража́ться / зарази́ться (-ажу́сь, -ази́тся), to become infected
зара́нее, beforehand
заробе́ть (no imperf.), to become timid, shy
зарыда́ть see **рыда́ть**
заря́, dawn
заса́да, hiding-place
заса́ленный, soiled
засия́ть (no imperf.), to begin to shine
заслоня́ть / заслони́ть, to screen
засмея́ться see **смея́ться**
засну́ть see **засыпа́ть**
заспо́рить (no imperf.), to begin to argue
заста́ва, (customs) gate
застава́ть (-таю́, -таёт) / заста́ть (-а́ну, -а́нет), to find; to catch
заставля́ть / заста́вить (-влю, -вит) (+ inf.), to make
застёгиваться / застегну́ться, to button one's coat up
застёгнутый, buttoned up
застегну́ться see **застёгиваться**
заструи́ться (no imperf.), to begin to flow or move
застуча́ть (-чу́, -чи́т) (no imperf.), to begin to knock
застыва́ть / засты́ть (-ы́ну, -ы́нет), to go stiff
засу́чивать / засучи́ть (-учу́, -у́чит), to roll up
засыпа́ть / засну́ть, to fall asleep

затева́ть / зате́ять (-е́ю, -е́ет), to start up
зато́, on the other hand
зато́пленный, flooded, drowned
затру́днение, difficulty
затя́нутый, squeezed
захло́пать: захло́пать в ладо́ши, to begin clapping
захло́пывать / захло́пнуть, to slam (shut)
заходи́ть (-ожу́, -о́дит) / зайти́ (-йду́, йдёт; past **зашёл, зашла́),** to turn on (of a conversation; (**к** + dat.), to drop in (on)
захохота́ть (-очу́), -о́чет) (no imperf.), to burst out laughing
заче́м, why
зашевели́ться see **шевели́ться**
зва́ние, title, rank
звать (зову́, зовёт; past **звал, звала́, зва́ло),** to call; to name
звезда́, star
звене́ть (-ню́, -ни́т), to ring; to jingle
зверь, (wild, untamed) animal
звон, ringing
звони́ть / по-, to ring
зво́нкий, ringing
звук, sound
звуча́ть (-чи́т) / про-, to resound, to be heard
зву́чный, sonorous
звя́кать / звя́кнуть, to tinkle, rattle
зда́ние, building
зде́шний, of this place
здоро́вый, healthy, in good health
здоро́вье, health; **на здоро́вье,** to one's heart content; you're welcome
зелёный, green; unripe
земля́, earth, ground
зефи́р, zephyr
зле́е, more malicious(ly)
зло́бный, spiteful, angry
злове́щий, ominous
злой, malicious, vicious
злора́дный, malicious
злость, fury
змея́, snake
знак, sign
знако́миться / по-, to make acquaintance
знако́мство, acquaintance
знако́мый, known, acquainted
знамена́тельный, significant
знамени́тый, famous
знать, to know
значе́ние, meaning, significance
значи́тельный, influential; considerable; significant
золоти́стый, golden
зо́лото, gold
золото́й, gold(en)
зо́нтик, sunshade
зоря́, lovage, "levisticum officinale"
зре́лище, spectacle
зуб, tooth
зубно́й, tooth, dental

И

и... и..., both... and...
игра́ть, to play; to frolic
игра́ющий, playful, frolicsome
игри́вый, playful
и́дол, idol

идти́ (идёт; past **шёл, шла, шло) (к +** dat.), to suit
идти́ see **ходи́ть**
избало́ванный, spoilt
избега́ть / избежа́ть (-егу́, -ежи́т, -егу́т), to avoid
изве́стный, (well-)known; already mentioned
извиня́ть / извини́ть, to excuse
изво́зчик, carrier; carriers's cart
изво́льте (+ inf.), (as you) please
изгла́живаться / изгла́диться, to become effaced
издава́ть (-да́ю, -даёт) / изда́ть (-да́м, past **-да́л, -дала́, -да́ло),** to publish.
и́здавна, long since
издалека́, from afar
и́здали, from a distance
изда́ть see **издава́ть**
из-за, (+ gen.), from behind or beyond
излия́ние, outpouring
изма́ранный, soiled, dirty
измени́ть(ся) see **изменя́ть(ся)**
изме́нница, unfaithful woman
изменя́ть / измени́ть (-еню́, -е́нит) (+ dat.), to be false, unfaithful
изменя́ться / измени́ться (-еню́сь, -е́нится), to change
изнеможе́ние, exhaustion
изныва́ть / изны́ть (-но́ю, -но́ет), to pine away
из-под (+ gen.), from under
и́зредка, now and then
изумле́ние, amazement
изъявля́ть / изъяви́ть (-явлю́, -я́вит), to express
изы́сканный, refined, recherché
изя́щный, elegant
иль = и́ли, or
и́менно, precisely
име́ть, to have
и́мя, name
ина́че, otherwise, else
иногда́, from time to time
ино́й, (in the plur.), some (people).
интере́сный, interesting
интересова́ть (-су́ю, -су́ет), to interest
ирони́ческий, ironical
иро́ния, irony
иска́ть (ищу́, и́щет), to look for
и́скра, spark
и́скренний, sincere
иску́сственность, artificiality
испа́нец, Spaniard
испа́нский, Spanish
испестря́ть / испестри́ть, to speckle
испи́сывать / исписа́ть (-ишу́, -и́шет), to cover with writing
испито́й, haggard, hollow-cheeked
исполне́ние, fulfilment, carrying out
исполня́ть / испо́лнить, to fulfil, carry out
испра́шивать / испроси́ть (-ошу́, -о́сит), to beg (for)
испу́г, fright
испуга́ть(ся) see **пуга́ть(ся)**
испы́тывать / испыта́ть, to experience
иста́птывать / истопта́ть (-опчу́, -о́пчет), to trample
истёртый, worn, frayed
истопта́ть see **иста́птывать**
исторга́ть / исто́ргнуть, to throw out; to get out
исто́рия, story; scandal

источник, source
исха́живать (rare) / **исходи́ть (-ожу́, -о́дит),** towalk all over
исчеза́ть / **исче́знуть** (past **-ез, -е́зла,**) to disappear
исче́рпывать / **исче́рпать,** to exhaust
ита́к, (and) so
и́хний, their; of the other person(s)

К

к (+ dat.), to; towards
кабине́т, study
каблу́к, heel
каде́т, cadet (at a military school)
каде́тский, cadet's
ка́ждый, every, each
ка́жется, it seems; I think
каза́ться (кажу́сь, ка́жется), to seem, appear
казачо́к, Ukrainian dance
каково́, what; what do you think (of that)?
како́й, what (a)
како́й-нибудь, some or other
како́й-то, a (certain)
кали́тка, (wicket-)gate
камене́ть / **о-,** to be petrified; to stand stock still
ка́менный, stone; stony
ка́мень, stone
каню́чить (-чу, -чит) (no perf.), to solicit (in a whining voice)
капита́н, captain
ка́пля, drop
капри́з, caprice
кара́сь, carp
карау́лить (no perf.), to be on guard, on the watch (for)
каре́та, carriage, coach
ка́рий, hazel
ка́ркать / **ка́ркнуть,** to caw
карма́н, pocket
ка́рта, card
ка́рточный (adj.), card
каса́ться / **косну́ться (до** + gen.; in modern Russian simply + gen.), to touch; to concern
ката́ться / **кати́ться (качу́сь, ка́тится) покати́ться,** to roll, rush
кати́ться (ка́тится) / **по-,** to shoot across the sky (of stars, etc.)
кача́ть / **качну́ть,** to rock
каче́ли, (plur.), a swing
ка́чество, quality; capacity
ка́шлять / **ка́шлянуть,** to cough
кварта́льный (noun decl. as adj.), policeman (old régime)
кве́рху, up (wards)
кива́ть / **кивну́ть** (+ instr.), to nod
ки́вер, shako, busby
кивну́ть see **кива́ть**
кида́ться / **ки́нуться,** to throw oneself
кирпи́ч, brick
кла́няться / **поклони́ться (-оню́сь, -о́нится),** to bow
классици́зм, classicism
класть (-аду́, -адёт) / **положи́ть (-ожу́, -о́жит),** to put
клевета́ть (-ещу́, -е́щет) / **на-** (**на** + acc.), to slander
кле́пер, nag
клочо́к, scrap
клуб, puff; cloud
клубо́к, ball
клубо́чек (dim. of **клубо́к**), ball.
ключ, key

кля́узница, gossip; intriguer
кни́жка (dim. of **кни́га,**) book
княги́ня, princess (wife of a prince
кня́жеский, princely
княжна́, princess (daughter of a prince)
князь, prince
когда́-нибудь, sometime; at any time
ко́жа, skin
ко́жица, (thin) skin
ко́зырь, trump
кок, quiff
коке́тка, coquette
коке́тничать (no perf.), to flirt
коле́но (plur. **коле́ни**), knee
коле́чко (aff. dim. of **кольцо́**), ring
колея́, rut
ко́ли, if
ко́локол, bell
колоко́льный, of bells
колоко́льня, bell-tower
колоко́льчик, (small) bell; handbell
коло́нна, pillar
кольцо́, ring
кома́ндовать (-дую, -дует) (+ instr.; no perf.), to command, be in command
кома́ндовать (-дую, -дует) / с-, to give an order
ко́мнатный, domesticated; **ко́мнатная соба́ка,** lap-dog
компромети́роваться (-руюсь- -руется), to compromise oneself
конёк (dim. of **конь**), steed
коне́ц, end
коне́чно, of course
контраба́с, double-bass
конфе́тка, sweet
конфу́зиться (-у́жусь, -у́зится)/ с-, to be embarrassed, shy
конча́ть / ко́нчить (-чу, -чит), to finish, conclude
конча́ться / ко́нчиться, to end
конча́ться / с- or **ко́нчиться,** to die
ко́нчик, tip; edge
кончи́на, death
конь, steed, horse
копы́то, hoof
корми́ть (кормлю́, ко́рмит) / на-, to feed
коро́ва, cow
короле́ва, queen
коро́ткий, (too) short, brief
коро́че (comp. of **ко́ротко**), more briefly
ко́рчиться (-чусь, -чится) / с-, to shrink
косма́тый, shaggy
косну́ться see **каса́ться**
косо́й, slanting; sidelong; disapproving
косы́нка, neckerchief
котёнок, kitten
кото́рый, who; which
ко́шка, cat
край, edge
кра́йний, extreme; least
крапи́ва, nettle(s)
краси́вый, good-looking; elegant
кра́ска, colour; paint
красне́ть / по-, to blush
кра́сный, red
красота́, beauty
красть (-аду́, -адёт; past **крал, кра́ла) / у-,** to steal
кра́сться (-аду́сь, -адётся;

past **кра́лся, кра́лась)** (no perf.), to creep, steal
кре́пкий, firm
кре́сло, arm-chair
крести́ться (-ещу́сь, -е́стится) пере-, to cross oneself
кривоно́гий, bandy-legged
крик, cry, shout
крикли́вый, loud; harsh, strident
кри́кнуть see **крича́ть**
крича́ть (-чу́, -чи́т) / за- or **кри́кнуть,** to cry out
крова́вый, bloody, of blood
кровь, blood
кро́лик, rabbit
кро́ме (+ gen.), besides, apart from, except
кро́ткий, meek, gentle
кро́хотный, tiny
кро́шечный, tiny
кру́гленький (aff. dim. of **кру́глый)** round, plump
кру́глый, round
круго́м, (all) around
кружи́ться (-ужу́сь, -у́жится) (no perf.), to whirl, spin round
крупа́, groats, oatmeal
кру́пно, loudly, roughly
крути́ть (-учу́, -у́тит) / за-, to twist
круто́й, steep; abrupt
крыле́чко (dim. of **крыльцо́),** porch, entrance
крыло́, wing
крыльцо́, entrance, porch
кряхте́ть (-хчу́, -хти́т) (no perf.), to groan
куда́, (to) where; into which; **куда́ как,** much (more)
ку́дри (plur.), locks, hair
кузне́чик, grasshopper
кула́к, fist
купи́ть see **покупа́ть**
куре́ние, incense; perfume
курс, course
ку́ртка, jacket
ку́рточка (dim. of **ку́ртка),** jacket
курча́вый, curly(-headed)
куса́ть / кусну́ть, to bite
кусо́к, piece
куст, bush
ку́цый, dock-tailed
ку́чер, coachman
ку́шанье, food
ку́шать, to eat

Л

ла́вка, bench
ладо́ши: хло́пать в ладо́ши, to clap one's hands
лазу́рь, azure
лака́ть / вы́-, to lap
лаке́й, manservant
ла́комиться (-млюсь, -мится) / по-, to enjoy oneself (eating sweets, etc.)
ла́па, paw
ла́пка (dim. of **ла́па),** paw
ла́ска, caress; affection
ласка́ть (no perf.), to caress, treat affectionately
ла́сковый, affectionate, caressing, kind
лгать (лгу, лжёт; past **лгал, лгала́, лга́ло) / со-,** to lie
ле́бедь, swan
лёгкий, light; slight
легкомы́сленный, frivolous, lighthearted
легкомы́слие, thoughtlessness, heedlessness

легóнько, slightly
лёд, ice
ледени́ть / о-, to freeze
лежа́ние, lying
лежа́ть (-жу́, -жи́т), to lie
лéзвие, blade
лейб-мéдик, physician
лелéять (-éю, -éет) (no perf.), to cherish
лени́вый, lazy
лéнта, ribbon
лепестóк, petal
лес, wood, forest
лесть, flattery
лéтний, (adj.), summer
лéтом, in summer
лечь see **ложи́ться**
лжи́вость, deceitfulness
ли́бо ... ли́бо ..., either ... or ...
ливрéя, livery
ли́ра, lyre
лири́ческий, lyric (al)
лиса́, fox
лист, sheet (of paper); leaf
листва́, foliage
ли́ться (льётся; past **ли́лся, лила́сь),** to flow, stream
ли́хо: помина́ть ли́хом, to think unkindly of
лихора́дочный, feverish
лицó, face; **э́то мне к лицу́,** this suits me
личи́на, mask
лиша́ться / лиши́ться (-шу́сь, -ши́тся), (+ gen.), to lose
ли́шком: с ли́шком, and a little over
лишь, only; **лишь бы,** if only
лоб, forehead
лови́ть (ловлю́, лóвит) / пойма́ть, to catch
лóвкий (лóвок), adroit, deft
лóдка, (small) boat
ложи́ться (-жу́сь, -жи́тся) / лечь (ля́гу, ля́жет, ля́гут; past **лёг, легла́),** to lie down
лóкон, lock, curl
лóкоть, elbow
лома́ть / с-, to break; **лома́ть себé гóлову,** to cudgel one's brains
лопа́тка: во все лопа́тки, at full speed
лохмóтья (plur.), rags
лошади́ный, (of a) horse
лоша́дка (aff. dim. of **лóшадь**), pony
лóшадь, horse
лука́вить (-влю, -вит) / с-, to show cunning
лука́вый, cunning; arch
луна́, moon
лу́нный, (of the) moon
луч, ray, beam
лу́чше, better; rather
льсти́вый, flattering
любéзный, polite; obliging
люби́мый, beloved; favourite
любова́ться (-бу́юсь, -бу́ется) / по- (+ instr.), to admire
любóвь, love
любопы́тство, curiosity
лю́ди, people; servants
лю́дный, crowded; with people about

М

май, May
маку́шка, top, summit
мал (short form of **ма́ленький**), small
малéйший, slightest
ма́ленький, small

мали́на (collect.), raspberries
ма́ло, little, not much
ма́лый (noun decl. as adj.), fellow, chap
ма́льчик, boy
мальчи́шка, "kid", urchin
мама́ша, mother
ма́менька, mother
мане́р, manner, fashion
маскара́д, mascarade
ма́сса, mass
ма́стер, master; expert
ма́тушка, mother
ма́тушкин, of mother, mother's
маха́ть (машу́, ма́шет) / махну́ть (+ instr.), to wave
машина́льный, mechanical
мгла, haze; darkness
мгнове́ние, moment
мгнове́нно, in a moment
ме́бель, furniture
мёд, honey
медальо́н, medallion
медве́дь, bear
ме́дленный, slow
медли́тельность, hesitation
ме́дный, bronze
ме́жду (+ instr.), amongst; **ме́жду тем,** meanwhile
мезони́н, attic
меланхоли́ческий, melancholy
ме́лкий, fine
мелька́ть / мелькну́ть, to flash, appear for a moment
ме́льком, in passing
ме́нтик, hussar's (fur-lined) cloak
ме́ньше, less; fewer
меня́ть / по,- to change
меня́ться / по-, to change
ме́ра, measure; **по кра́йней ме́ре,** at least; **в ме́ру,** moderately
мере́щиться (-щусь, -щится) / по-, to appear hazily or in a dream
место́чко (dim. of **ме́сто**), place
ме́сто, place
месть, vengeance
ме́сяц, month
мечта́тельный, dreamy
меша́ть / по- (+ dat), to prevent, hinder
ме́шкать / про-, to dally, delay
мешо́к, sack
мешо́чек (dim. of **мешо́к**), bag
миг, moment
мига́ть / мигну́ть, to wink
мизе́рный, meagre, insignificant
ми́ленький, attractive, pretty
ми́лостивый, gracious, kind
ми́лость, favour
ми́лый, dear; attractive
ми́мо, (+ gen.), past
мимохо́дом, in passing
мистифика́тор, hoaxer
мне́ние, opinion
мно́жество, a great number
моги́ла, grave
моги́льный, sepulchral; of the grave
могу́чий, powerful
мозг, brain
мо́крый, wet
мол, so runs the report; they (I, etc.) say
моли́ться (молю́сь, мо́лится) / по-, to pray
мо́лния, (flash of) lightning
молоде́ц, fine fellow! well done! hefty young fellow
молодо́й, young
мо́лодость, youth
молоко́, milk

мóлча, silently, without speaking
молчáть (-чý, -чи́т), to say nothing, be silent
мольбá, entreaty
монасты́рь, convent
моргáть / моргнýть, to blink
мóрдочка (dim. of **мóрда**), nose (of an animal)
морщи́на, wrinkle, furrow
мóрщить (-щу, -щит) / на-, to knit (one's brows)
москóвский, (of) Moscow
мотáть / мотнýть (+ instr.), to shake
мочь (могý, мóжет, мóгут; past **мог, моглá) / с-,** to be able to; **мóжет быть,** perhaps
мрак, gloom, darkness
мрáмор, marble
мрáчный, gloomy
мстить (мщу, мстит) / ото-, to have one's revenge
муж, husband
мужскóй, man's
мужчи́на, man
мýзыка, music
музыкáнт, musician
мунди́р, (dress) uniform
мунди́рчик (aff. dim. of **мунди́р**), uniform
мурлы́кать (-ы́чу, -ы́чет) / за-, to purr
мути́ться / по-, to go misty, thin
мучи́тельный, agonizing, painful
мýчить (-чу, -чит) / из,- to torment
мысль, thought
мыть (мóю, мóет) / вы́-, to wash
мышь, mouse
мя́гкий, soft
мя́ться (мнусь, мнётся) / по-, to fidget (from one foot to the other); to get crumpled or wrinkled

Н

набегáть / набежáть (-егý, -ежи́т, -егýт), to start up suddenly; to move on
наблюдáтельность, keenness of observation
наблюдáть (за + instr.), to keep an eye (on), take care (of)
нáбок, on one side
навéрно (е), certainly, for sure
навещáть / навести́ть (-ещý, -ести́т), to visit
навéянный, wafted
навсегдá, for ever
навстрéчу (+ dat.), to meet
навы́кате, protruding
нагоня́ть / нагнáть (-гоню́ -гóнит; past **-áл, -алá, -áло),** to overtake
наготóве, in readiness
надвигáть / надви́нуть, to pull down (or up)
надевáть / надéть (-éну, -éнет), to put on
надéжда, hope
надéяться (-éюсь, -éется) (на + acc.), to put one's hopes (in), to hope
надмéнность, haughtiness
надмéнный, haughty
нáдо or **нáдобно,** (it is) necessary
надоедáть / надоéсть (-éм, -éшь etc.; past **-éл, -éла),** to bore; to get on one's nerves

наедине́, in private, tête-à-tête
нажима́ть / нажа́ть (-жму́, -жмёт), to press (on)
наза́д, back
назва́ние, name
называ́ть / назва́ть (-зову́, -зовёт; past **-а́л, -ала́, -а́ло),** to name
накалённый, red-hot
накану́не, the day before
наки́дывать / наки́нуть, to throw (on)
наклоня́ть / наклони́ть (-оню́, -о́нит), to bend
наклоня́ться / наклони́ться (-оню́сь, -о́нится), to bend
наконе́ц, at last
накорми́ть see **корми́ть**
накрыва́ться / накры́ться (-ро́юсь, -ро́ется), to cover oneself
нале́во, on the left
налега́ть / нале́чь (-ля́гу, -ля́жет, -ля́гут; past **-лёг, -легла́),** to rest; to press (down)
налива́ться / нали́тьая (-лью́сь, -льётся; past **-и́лся, -ила́сь),** to fill; to be suffused (with)
налицо́, present
нама́тывание, winding
нама́тывать / намота́ть, to wind
намёк, hint, allusion
намека́ть / намекну́ть, to hint
намерева́ться (no perf.), to intend
наме́рение, intention
намо́рщить see **мо́рщить**
нанима́ть / наня́ть (найму́, наймёт; past **на́нял, наняла́, на́няло),** to rent, hire
напада́ть / напа́сть (-аду́, -адёт; past **-а́л),** to attack, come over
напечатлева́ть / напечатле́ть, to impress
написа́ть see **писа́ть**
напои́ть see **пои́ть**
наполня́ться / напо́лниться, to be filled
напома́диться see **пома́диться**
напомина́ть / напо́мнить, to remind; to recall
направле́ние, direction
направля́ться / напра́виться (-влюсь, -вится), to make one's way (to)
напра́во, on the right
напра́сно, in vain; there's no point
наприме́р, for example
напро́тив, on the contrary
напряга́ть / напря́чь (-ягу́, -яжёт, -ягу́т; past **-я́г, -ягла́),** to strain
напряжённый, strained, (in)tense, strenuous
напуха́ть / напу́хнуть (past **-у́х, -у́хла),** to swell; to puff up
напу́щенный, assumed, pretended
нараспа́шку, unbuttoned
нараспе́в, in a sing-song voice
нарисова́ть see **рисова́ть**
наро́д, people
наро́чно, on purpose, deliberately
нару́жу, to light
наряжа́ть / наряди́ть (-яжу́, -яди́т), to dress up
наско́лько, as far as

на́скоро, hastily
наску́чить (-чу, -чит) (no imperf.), to bore
наслажда́ться / наслади́ться (-ажу́сь, -ади́тся) (+ instr.), to enjoy, delight (in)
наслу́шаться (no imperf.), to hear a lot of
насме́шка, mockery, banter
насме́шливость, mockery
насме́шливый, mocking, banteting
насмотре́ться (-отрю́сь, -о́трится) (no imperf.), to see (a lot of)
наста́вник, mentor
наста́ивать / настоя́ть (-ою́, -ои́т) (на + loc.), to insist (on)
насто́лько, to such an extent, so
настора́живаться / насторожи́ться (-жу́сь, -жи́тся), to prick up one's ears
настоя́щий, real
настрое́ние, mood; bent
наступа́ть / наступи́ть (-у́пит), to come on
насы́титься see **насыща́ться**
насыща́ться / насы́титься (-ы́щусь, -ы́тится), to eat (drink) one's fill
наткну́ться see **натыка́ться**
нату́ра, nature
натыка́ться / наткну́ться (на + acc.) to come across
нахму́ренный, frowning
нахму́рить see **хму́рить**
находи́ть (-ожу́, -о́дит) / найти́ (-йду́, -йдёт; past **нашёл, нашла́)** to find; to consider; **(на** + acc.), to come over
начё́ртанный, traced, outlined
начина́ть / нача́ть (-чну́, -чнёт; past **на́чал, начала́, на́чало),** to begin
начина́ться / нача́ться (-чнётся; past **начался́, начала́сь),** to begin
неблагови́дный, unattractive
неблагообра́зный, ugly
не́бо, sky, heaven
небольшо́й, slight; small
небоскло́н, sky, horizon
небре́жность, casualness; carelessness
небре́жный, offhanded, casual
небыва́лый, hitherto unknown
неве́рность, infidelity
невероя́тный, unbelievable
невзыска́тельность, easiness to please
неви́нный, innocent; maidenly, girlish
невозмо́жный, impossible
нево́льный, involuntary
невырази́мый, inexpressible
не́га, bliss
негодова́ть (-ду́ю, -ду́ет) (на + acc.) (no perf.), to be indignant (with)
неда́вний, recent
неда́ром, not for nothing, not in vain
недви́жный, unruffled
неде́ля, week
недо́брый, evil, wicked; malevolent
недове́рчивый, distrustful
недо́лгий, short
недо́лго, for a short time
недоумева́ть (no perf.), to be perplexed
недоуме́ние, amazement
неесте́ственный, unnatural

нежда́нный, unexpected
не́жность, tenderness
не́жный, tender
незабве́нный, unforgettable
незави́симость, independence
нездоро́вый, unwell, in ill health
нездоро́вье, ill health
незнако́мый, unknown
неизве́стно, no-one knows
неинтере́сный, uninteresting
не́который, some
некраси́вый, plain
нелицеме́рный, sincere, unfeigned
нело́вкий, awkward
нело́вкость, awkwardness
нельзя́, (it is) impossible
неме́дленный, immediate
неми́лость, disfavour
немно́гие, a few
немно́го or **немно́жко,** a little
немо́й, dumb, silent
не́нависть, hatred
нену́жный, unnecessary
необыкнове́нный, extraordinary
необыча́йный, extraordinary
неограни́ченный, boundless
неодобри́тельный, disapproving
неожи́данный, unexpected
неопи́санный, indescribable
неопря́тный, untidy
нео́пытный, inexperienced
неотлу́чный, constant, inseparable
неотрази́мый, irresistible
неотсту́пный, persistent
неохо́тный, unwilling
непередава́емый inexpressible
неподви́жность, immobility, stoniness
неподви́жный, motionless
непоня́тный, incomprehensible
непра́вильный, irregular
непреме́нно, without fail, definitely
непреодоли́мый, irresistible, insuperable
непреры́вный, uninterrupted
неприя́зненный, hostile
неприя́тель, enemy
неприя́тность, unpleasantness
неприя́тный, unpleasant
нерви́ческий, nervous
несвобо́дный, unfree; married
несдоброва́ть (ему́, etc.) (only the inf. is used), he (etc.) is fated to experience misfortune
неска́занный, ineffable
не́сколько, some, a few; somewhat, a little
несконча́емый, interminable
несмотря́ на (+ acc.), in spite of
несно́сный, unbearable, intolerable
несомни́тельный, certain, definite; clear
несправедли́вый, unfair
нести́ see **носи́ть**
нести́ / по- (impersonal; + instr.), to come a feeling of
несчастли́вый, unfortunate, miserable
несча́стный, wretched
нетерпе́ние, impatience
неуда́чный, unsuccessful, unfortunate
неудержи́мый, overwhelming

неудово́льствие, displeasure
неуже́ли, surely not
неуме́стный, out of place, inappropriate
неутоми́мый, untiring, tireless
не́что, something
нея́ркий, indistinct
ни́зенький (dim. of **ни́зкий**), low
ника́к, not at all
никогда́, never
ни-ни, never, in no circumstances
ниско́лько, not at all
никто́, nobody
ничего́, nothing; it doesn't matter
ниче́й, nobody's
ничко́м, prone
ничто́жество, nonentity
но́венький, (dim. of **но́вый**), new
но́вый, new
нога́, foot; leg
но́готь, (finger-)nail
но́жик = **нож,** knife
но́жка (dim. of **нога́**), foot; leg
ноздря́, nostril
норма́льный, normal
нос, nose; **в нос,** through one's nose
но́сик (aff. dim. of **нос**), nose
носи́ть (ношу́, но́сит) / **нести́ (-су́, -сёт;** past **нёс, несла́)**/ **по-,** to carry
носи́ть (ношу́, но́сит) (no perf.) to wear
носи́ться (ношу́сь, но́сится) / **нести́сь (-су́сь, -сётся;** past **нёсся, несла́сь),** / **по-,** to rush, move
ночно́й, nocturnal, night
ночь, night
но́чью, by night
но́ющий, aching
нрав, disposition, character
нра́виться (-влюсь, -вится) / **по-,** (+ dat.), to please
ну, well!
нужда́, need, necessity
ну́жный, necessary
ны́нешний, present
ныть (но́ю, но́ет) (no perf.), to ache
ню́хать / **по-,** to sniff (at), smell
ня́ня, nurse, nannie

O

о (+ acc.), against (after verbs of banging, etc.)
о́ба (fem. **о́бе**), both
обая́ние, charm
обая́тельный, fascinating
обгло́данный, picked bare
обе́д, dinner
обе́дать / **по-,** to dine
обёртываться / **оберну́ться,** to turn
обёртка, wrapper, dust-jacket
обеща́ние, promise
обже́чься see **обжига́ться**
обжига́ть / **обже́чь (обожгу́, обожжёт, обожгу́т;** past **обжёг, обожгла́),** to burn
обжига́ться / **обже́чься (обожгу́сь, обожжётся, обожгу́ться;** past **обжёгся, обожгла́сь),** to burn one's fingers; to be stung
оби́деться see **обижа́ться**
оби́дный, offensive
обижа́ться / **оби́деться (-и́жусь -и́дится),** to be offended

облада́ть (+ instr.; no perf.), to possess
о́блако, cloud
облива́ть / обли́ть (оболью́, обольёт; past **о́блил, облила́ о́блило),** to drench, flood
обма́нывать / обману́ть (-ану́, -а́нет), to deceive
обма́тывать / обмота́ть, to wind round
обнажённый, bare, denuded
обнару́живаться / обнару́житься, (-жусь, -жится), to be revealed
обнима́ться / обня́ться (-ниму́сь, -ни́меться; past **обня́лся, обняла́сь),** to embrace
обними́тесь (imperative of **обня́ться),** embrace!
обожа́ние, adoration
обожа́ть (no perf.), to adore
обожгла́, see **обжига́ть**
обожгли́сь see **обжига́ться**
обо́и (plur.), wallpaper
обойти́ see **обходи́ть**
обойти́сь see **обходи́ться**
обомле́ть (no imperf.), to be struck dumb
обопрётся see **опира́ться**
обра́доваться see **ра́доваться**
о́браз, shape, figure; **каки́м о́бразом,** in what way; **таки́м о́бразом,** in this way
образе́ц, model
образо́ванный, (well-)educated
образо́вывать / образова́ть (-зу́ю, -зу́ет), to form (**образова́ть** can also be imperf. in pres. tense)
обрати́ть(ся) see **обраща́ть(ся)**
обраща́ть / обрати́ть (-ащу́, -ати́т), to turn, pay
обраща́ться / обрати́ться (-ащу́сь, -ати́тся) (к + dat.) to apply, turn; (с + instr.), to treat
обраще́ние, address, treatment; attitude
обру́бок, stump, block
обры́зганный, splashed, sprinkled
обтёрханный, ragged, slovenly dressed
обходи́ть (-ожу́, -о́дит) / обойти́ (-йду́, -йдёт, past **-ошёл, -ошла́),** to go round
обходи́ться (-ожу́сь, -о́дится) / обойти́сь (-йду́сь, -йдётся; past **-ошёлся, -ошла́сь)** (**без** + gen.), to do without.; (**с** + instr.), to treat
обшла́г, cuff
о́бщество, society
о́бщий, common
объявля́ть / объяви́ть (-явлю́, -я́вит), to announce
объясне́ние, explanation; exchange of words
объясня́ть / объясни́ть, to explain
обыкнове́ние, habit, custom
обыкнове́нный, ordinary
обы́чный, usual, customary
обя́занность, duty
обя́занный, obliged, bound
овладева́ть / овладе́ть (+ instr.), to take possession of
ога́рок, candle-end
огля́дываться / огляну́ться (-яну́сь, -я́нется), to look round
о́гненный, fiery(-red)
ого́нь, fire, light
огоро́д, kitchen-garden

огорчённый, filled with grief
огра́да, fence
ограни́чиваться / ограни́читься (-чусь, -чится) (+ instr.), to be confined (to)
огро́мный, huge, large
одева́ться / оде́ться (-е́нусь, -е́нется), to dress
оди́н, one; alone
одино́кий, solitary
одна́жды, one day, once
одна́ко, however
односло́жный, monosyllabic
одобри́тельный, approving
одр, bed
ожесточённый, bitter
оживлённый, animated, lively
ожида́ние, expectation
ожида́ть, to expect
озаря́ть / озари́ть, to light up; to flash on
озира́ться (no perf.), to look all round
ока́зывать / оказа́ть (-ажу́, -а́жет), to show; to extend
ока́зываться / оказа́ться (-ажу́сь, -а́жется), to turn out to be
окамене́ть see **камене́ть**
ока́чивать / окати́ть (-ачу́, -а́тит), to drench
оки́дывать / оки́нуть взгля́дом, to glance over
окно́, window
о́коло (+ gen.), near; about
око́нница, window-sill; window-frame
оконча́ние, termination
оконча́тельный, final, irreparable
око́шко (dim. of **окно́**), window
окре́стность, neighbourhood
окрова́вленный, bloody
окружа́ть / окружи́ть (-жу́, -жи́т), to surround
онеме́ние, state of numbness
опа́здывать / опозда́ть, to be late
опасе́ние, apprehension
опа́сный, dangerous
опенённый, covered with foam
опере́ться see **опира́ться**
опира́ться / опере́ться (обопру́сь, обопрётся; past **опёрся, оперла́сь),** to rest (on)
опи́сывать / описа́ть (-ишу́, -и́шет), to describe
опозда́ть see **опа́здывать**
опра́вдываться / оправда́ться, to justify oneself
оправля́ться / опра́виться (-влюсь, -вится), to tidy one's clothes
определённый, definite
опроки́дывать / опроки́нуть, to overturn
опроти́веть (no imperf.), to become repulsive
опря́тный, neat, tidy
опуска́ть / опусти́ть (-ущу́, -у́стит), to lower, drop
опуска́ться / опусти́ться (-ущу́сь, -у́стится), to sink, drop
опьяне́ть see **пьяне́ть**
опя́ть, again
оранжере́я, conservatory
орфогра́фия, spelling
осведомля́ться / осве́домиться (-млюсь, -мится), to inquire
оседла́ть see **седла́ть**
оскла́биться (-блюсь, -бится) (no imperf.) to show one's teeth in a grin

оскорби́тельность, offensiveness

оскорбля́ть / оскорби́ть (-блю́, -би́т), to offend, make resentful

осо́бенно, particularly, especially

остально́й, the rest

остава́ться (-таю́сь, -таётся) / оста́ться (-а́нусь, -а́нется) to remain

остана́вливать / останови́ть (-овлю́, -о́вит), to stop; to restrain

остана́вливаться / останови́ться (-овлю́сь, -о́вится), to stop

оста́ток (plur. **оста́тки**), remains

оста́ться see **остава́ться**

остолбене́ть see **столбене́ть**

осторо́жный, wary

остриё, (cutting) edge

остри́женный, cropped (short)

о́стрый, sharp

осужда́ть / осуди́ть (-ужу́, -у́дит), to condemn

о́тблеск, gleam, reflected light

отва́га, valour

отве́рстие, opening, aperture

отвести́ see **отводи́ть**

отве́т, answer, reply

отвеча́ть / отве́тить (-ве́чу, -ве́тит), (+ dat.), to respond (to)

отводи́ть (-ожу́, -о́дит) / отвести́ (-веду́, -ведёт; past **-вёл, -вела́),** to move aside

развора́чивать / отвороти́ть (-очу́, -о́тит), to turn away

отвора́чиваться / отвороти́ться (-очу́сь, -о́тится), to turn away

отвори́ть(ся) see **отворя́ть(ся)**

отвороти́ть(ся) see **отвора́чивать(ся)**

отворя́ть / отвори́ть (-орю́, -о́рит), to open

отворя́ться / отвори́ться (-орю́сь, -о́рится), to open

отвя́зываться / отвяза́ться (-яжу́сь, -я́жется) (от + gen.), to get rid (of)

отдава́ть (-даю́, -даёт) / отда́ть (-да́м, etc.; past **о́тдал, отдала́, о́тдало),** to give (away); (no perf.) (+ instr.), to smell (taste) of; to suggest

отдава́ться (-даю́сь, -даётся) / отда́ться (-а́мся, etc.; past **-а́лся, -ала́сь),** to be let out

отдалённый, distant

отда́ть see **отдава́ть**

отде́лываться / отде́латься (от + gen.), to get rid (of)

отделя́ть / отдели́ть (-елю́, -е́лит), to separate

отделя́ться / отдели́ться (-елю́сь, -е́лится), to be detached, distinct

отдыха́ть / отдохну́ть, to rest

Оте́лло, Othello

оте́ц, father

отзыва́ться / отозва́ться (отзову́сь, отзовётся; past **-а́лся, -ала́сь),** to speak one's mind

отка́шливаться / отка́шляться, to clear one's throat

отки́дывать / отки́нуть, to throw (back)

откла́ниваться / откла́няться, to take one's leave
откликáться / откли́кнуться, to respond
отклоня́ть / отклони́ть (-оню́, -о́нит), to hold at a distance; to decline
отклоня́ться / отклони́ться (-оню́сь, -о́нится), to move aside
открове́ние, revelation
открове́нный, frank
открыва́ться / откры́ться (-ро́юсь, -ро́ется), to open; be opened
отла́мывать / отлома́ть, to break off
отлега́ть / отле́чь (-ля́жет; past **-легло́)** (impersonal), to feel relieved
отлича́ться / отличи́ться (-чу́сь, -чи́тся), to distinguish oneself
отли́чный, excellent
отложно́й, turndown
отлома́ть see **отла́мывать**
отлуча́ться / отлучи́ться (-чу́сь, -чи́тся), to keep or go away
отма́лчиваться / отмолча́ться (-чу́сь, -чи́тся), to keep silent
отноше́ние, relation(ship)
отозва́ться see **отзыва́ться**
отойти́ see **отходи́ть**
оторва́ть see **отрыва́ть**
оторва́ться see **отрыва́ться**
отпеча́тать see **отпеча́тывать**
отпеча́ток, impression, imprint
отпеча́тывать / отпеча́тать, to print
отправля́ться / отпра́виться (-влюсь, -вится), to set out
отпуска́ть / отпусти́ть (-ущу́, -у́стит), to let go; to forgive, remit
отра́ва, poison
отра́вленный, poisoned
отра́дный, comforting
отрезвля́ть / отрезви́ть (-влю́, -ви́т), to sober
отрезвля́ться / отрезви́ться (-влю́сь, -ви́тся), to become sober
отрица́тельно, in the negative
отрыва́ть / оторва́ть (-ву́, -вёт; past **-а́л, -ала́, -а́ло),** to tear away, off
отрыва́ться / оторва́ться (-ву́сь, -вётся; past **-а́лся, -ала́сь),** to tear oneself away
отры́вистый, abrupt; brief
отры́вок, fragment
отсве́т, reflection, sheen
отстава́ть (-таю́, -таёт) / отста́ть (-а́ну, -а́нет), to fall behind
отставно́й, retired
отступа́ть / отступи́ть (-уплю́, -у́пит), to step back
отсу́тствие, absence
отта́лкивать / оттолкну́ть, to push away; to repel
оттого́ что, because
отту́да, from there
отума́ненный, stupefied, in a torpor
отходи́ть (-ожу́, -о́дит) / отойти́ (-йду́, -йдёт; past **-ошёл, -ошла́) (от** + gen.), to move away (from)
отча́яние, despair
отчего́, for what reason
отчёт, account
отъе́зд, departure

оты́скивать / отыска́ть (-ыщу́, -ы́щет), to find; to run to earth
офице́р, officer
охо́та, inclination, desire
охо́тник (до + gen.), lover (of)
охо́тно, willingly
оцара́пать see **цара́пать**
очаро́ванный, fascinated, charmed
очарова́тельный, fascinating
очеви́дный, obvious
о́чень, very
о́чередь, turn
очерта́ние, outline
очища́ть / очи́стить (-и́щу, -и́стит), to clean, clear
очути́ться (-у́тится) (no imperf.), to find oneself
ощуща́ть / ощути́ть (-ущу́, -ути́т), to feel
ощуще́ние, feeling, emotion

П

па́дать / упа́сть (-аду́, -адёт), to fall; **па́дать ду́хом,** to become despondent
паж, page
па́лец, finger
па́лка, (walking)stick
па́льчик (aff. dim. of **па́лец**), finger
па́мять, memory; **без па́мяти,** madly; **на па́мять,** by heart
папа́ша, father
па́ртия, (good) match
па́рус, sail
па́ссия, passion, "flame"
па́хнуть (past **пах, па́хла**) (no perf.; + instr.), to smell (of)
пахну́ть (no imperf.; + instr.), to blow, come a breath (of)
паху́чий, sweet-smelling
паште́т, pie, pâté
певу́чий, melodious
первокла́ссный, first-class
пе́рвый, first
перебега́ть / перебежа́ть (-егу́, -ежи́т, -егу́т), to run across
перебива́ть / переби́ть (-бью́, -бьёт), to interrupt
перебира́ть / перебра́ть (-беру́, -берёт; past **-а́л, -ала́, -а́ло),** to sort out; to make out; (+ instr.), to move up and down
переби́ть see **перебива́ть**
перебра́сывать / перебро́сить (-о́шу, -о́сит), to throw across; to transfer
переводи́ть (-ожу́, -о́дит) / перевести́ (-еду́, -едёт; past **-ёл, -ела́) дух,** to get one's breath (back)
перевора́чиваться / переверну́ться, to turn over
перегиба́ться / перегну́ться, to bend over
перегну́ться see **перегиба́ться**
пе́ред (пе́редо) (+ instr.), before; in front of
передава́ть (-даю́, -даёт) / переда́ть (-а́м, etc.; past **пе́редал, передала́, пе́редало),** to convey; to tell
передёргивать / передёрнуть (+ instr.) to twist, contort
пере́дник, apron
пере́дняя (noun decl. as adj.), entrance passage or hall
переду́мывать / переду́мать, to think again; to change one's mind
переезжа́ть / перее́хать (-е́ду, -е́дет), to move

перека́шиваться / перекоси́ться, to be warped, distorted

перелеза́ть / переле́зть (-зу, -зет; past **-е́з, -е́зла),** to climb over

перелётывать / перелете́ть (-лечу́, -лети́т), to fly across

перелома́ть (no imperf.), to break

переме́на, change

переменя́ть / перемени́ть (-еню́, -е́нит), to change

переоде́тый, changed

перепа́рхивать / перепорхну́ть, to flutter across

перепи́сывать / переписа́ть (-ишу́, -и́шет), to rewrite; to copy

переплёт, (window-)sash

перепо́лненный, (over-) full

перепры́гивать / перепры́гнуть, to jump over

переселе́ние, move

переселя́ться / пересели́ться, to move (house)

переска́кивать / перескочи́ть (-очу́, -о́чит), to jump across

перестава́ть (-таю́, -таёт) / переста́ть (-а́ну, -а́нет), to cease, stop

переступа́ть / переступи́ть (-уплю́, -у́пит), to step across, over

перетасо́вывать / перетасова́ть (-су́ю, -су́ет), to (re-)shuffle

переу́лок, side-street

переу́лочек (dim. of **переу́лок**), side-street

перечисля́ть / перечи́слить, to enumerate

переша́гивать / перешагну́ть, to step over

перо́, pen

пе́рстень, (signet-)ring

перча́тка, glove

пе́сня, song

песо́к, sand

пёстрый, gay-coloured

песча́ный, sand(y)

пе́тля, button-hole

петь (пою́, поёт) / про- or **с-,** to sing

печа́ль, sorrow

печа́льный, sad

пирожо́к, patty, pâté

писа́ть (пишу́, пи́шет) / на-, to write

пи́скнуть see **пища́ть**

пи́сьменный (стол), writing (-desk)

письмо́, letter

пища́ть (-щу́, -щи́т) / пи́скнуть, to cheep; to mew

пла́вать / плыть (-ыву́, -ывёт; past **-ы́л, -ыла́, -ы́ло) / по-,** to swim, float; to drift; to sail

пла́кать (пла́чу, пла́чет) / за-, to cry, weep

план, plan

плато́к, shawl, headscarf

плато́чек (aff. dim. of **плато́к**), shawl, headscarf

пла́тье, dress

плащ, cloak

плеск, splash

плечо́, shoulder

пле́щущий, splashing

пло́ский, flat; smooth

плохо́й, bad

плыть see **пла́вать**

плясáть (-яшу́, -я́шет) / с-, to dance; to skip about

поба́лтывать / поболта́ть, to dangle (a little)
побесе́довать (-дую, -дует) (perf.), to chat (for a time)
побледне́ть see **бледне́ть**
поболта́ть see **поба́лтывать**
побоя́ться (-ою́сь, -ои́тся) (perf.), to be afraid
побрани́ть see **брани́ть**
побыва́ть (perf.), to visit
повали́ться see **вали́ться**
повели́тельный, imperious
пове́рить see **ве́рить** or **поверя́ть,**
поверну́ть(ся) see **повора́чивать(ся)**
поверя́ть / пове́рить, to entrust
повести́ see **води́ть**
повести́ плеча́ми see **поводи́ть**
пове́стка, notice
по́весть, story, novella
повиса́ть / пови́снуть, to hang (poised)
повисе́ть (-ишу́, -иси́т) (no imperf.), to hang (for a short time)
по́вод (plur. **пово́дья**), rein
поводи́ть (-ожу́, -о́дит) / повести́ (-еду́, -едёт; past **-вёл, -вела́) плеча́ми,** to shrug one's shoulders
повора́чивать / поверну́ть, to turn
повора́чиваться / поверну́ться, to turn (round)
поворо́т, turn; bend
повтори́ться see **повторя́ться**
повторя́ть / повтори́ть, to repeat
повторя́ться / повтори́ться, to be repeated
повя́зывать / повяза́ть (-яжу́, -я́жет), to tie
погаси́ть see **гаси́ть**
поглоща́ть / поглоти́ть (-ощу́, -о́тит), to absorb, swallow
погля́дывать (no perf.), to glance from time to time
пого́да, weather
погоди́те, wait for a moment
погодя́, later
погрози́ть see **грози́ть**
погуби́ть see **губи́ть**
под (+ acc.), to the accompaniment of
подава́ть (-даю́, -даёт) / пода́ть (-да́м, etc.; past **по́дал, подала́, по́дало),** to serve; to give
пода́вленный, suppressed
пода́льше, fairly far, some distance away
подари́ть see **дари́ть**
подбега́ть / подбежа́ть (-егу́, -ежи́т, -егу́т), to run up
подбира́ть / подобра́ть (подберу́, подберёт; past **-а́л, -ала́, -а́ло),** to pick up; to hit on
подверга́ться / подве́ргнуться, to submit
подви́жный, mobile, lively
поддава́ться (-даю́сь, -даётся) / подда́ться (-а́мся, etc.; past **-а́лся, -ала́сь),** to give way (to)
подёргиваться / подёргаться, to twitch
подержа́ть (-ержу́, -е́ржит) (no imperf.) to hold for a while
подзадо́ривать / подзадо́рить, to urge on
подзе́мный, undergroud
поди́(те) (conversational imperative of **пойти́**; = **пойди́(те)**), come; go

подкарау́ливать, to be on guard
подко́шенный, one's legs giving way beneath one
поднима́ть / **подня́ть (-ниму́, -ни́мет;** past **по́днял, подняла́, по́дняло),** to lift, raise
поднима́ться / **подня́ться (-ниму́сь, -ни́мется;** past **-я́лся, -яла́сь),** to rise, be raised
подноси́ть (-ошу́, -о́сит) / **поднести́ (-су́, -сёт;** past **-ёс, -есла́),** to lift or bring (close up to)
подобра́ть see **подбира́ть**
подо́бный, similar, like
подожда́ть (perf.), to wait (for)
подозрева́ть (no perf.), to suspect
подозре́ние, suspicion
подойти́ see **подходи́ть**
подпира́ться / **подпере́ться (-допру́сь, -подрётся;** past **-пёрся, -пёрлась),** to prop oneself up
подразни́ть see **дразни́ть**
подро́бно, in detail
подро́бность, detail
подру́га, (female) friend
подслу́живаться / **подслужи́ться (-ужу́сь, -у́жится)** (**к** + dat.), to worm oneself into favour (with)
подставля́ть / **подста́вить (-влю, -вит),** to place under; to offer
подта́лкивать / **подтолкну́ть,** to urge, push on
подтвержда́ть / **подтверди́ть (-ржу́, -рди́т),** to corroborate
подтолкну́ть see **подта́лкивать**
поду́шка, pillow
подхва́тывать / **подхвати́ть (-ачу́, -а́тит),** to catch up, repeat; to butt in
подходи́ть (-ожу́, -о́дит) / **подойти́ (-йду́, -йдёт;** past **-ошёл, -ошла́)** to go (come) close up to
подча́с, at times
подшу́чивать / **подшути́ть (-учу́, -у́тит)** (**над** + instr.), to play a trick (on)
пое́ду, пое́дете see **е́здить**
пое́здка, journey, trip
пое́хать see **е́здить**
пожа́ловать see **жа́ловать**
пожа́луй, very likely; if you like
пожа́луйста, please
пожа́ть see **пожима́ть**
пожела́ть see **жела́ть**
пожима́ть / **пожа́ть (-жму́, -жмёт),** to press, squeeze; **пожима́ть плеча́ми,** to shrug one's shoulders
пожира́ть / **пожра́ть (-ру́, -рёт;** past **-а́л, -ала́, -а́ло),** to devour
позволе́ние, permission
позволи́тельный, permissible
позволя́ть / **позво́лить,** to allow, permit
позвони́ть see **звони́ть**
поздравля́ть / **поздра́вить (-влю, -вит)** (**с** + instr.), to congratulate (on)
познако́миться see **знако́миться**
позуме́нт, braid
пои́ть (пою́, по́ит) / **на-,** to give to drink
пойма́ть see **лови́ть**
пока́, while; meantime; for the time being

пока́зываться / показа́ться (-ажу́сь, -а́жется), to show oneself; to be disclosed
покати́ться (-ка́тится) (no imperf.), to flutter (of the heart); (imperf. **кати́ться**), to shoot across the sky
пока́тый, sloping
покача́ть (+ instr.; no imperf.), to shake or rock for some time
пока́чиваться (no perf.), to rock, sway
покида́ть / поки́нуть, to leave, abandon
покло́нник, admirer
поклони́ться see **кла́няться**
поко́иться (no perf.), to rest
поко́й, rest, peace
поко́йный, late
покори́ть(ся) see **покоря́ть(ся)**
поко́рный, submissive, obedient
покоря́ть / покори́ть, to tame, subjugate
покоря́ться / покори́ться, to submit
покрасне́ть see **красне́ть**
покрови́тельство, protection, patronage
покрупне́е, somewhat bigger; quite large
покрыва́ть / покры́ть (-ро́ю, -ро́ет), to cover
покупа́ть / купи́ть (куплю́, ку́пит), to buy
пол, floor
пола́, skirt (of a coat)
полага́ть (no perf.), to suppose
поласка́ть (no imperf.), to caress a little
по́ле, field
поле́зный, useful
полете́ть (-ечу́, -ети́т) (no imperf. in this meaning), to start to fly
по́лзать / ползти́ (-зу́ -зёт, past **полз, ползла́) / по-,** to crawl, creep
полиня́лый, faded
полицейме́йстер, chief of city police
по́лночь, midnight
по́лный, full
полови́на, half
положе́ние, situation
поло́жим, let us assume
положи́ть see **класть**
полоса́, strip
полоса́тый, striped; tabby
поло́ска (dim. of **полоса́**), stripe, strip
полтора́ (fem. **полторы́**), one and a half
полувнима́тельный, half-attentive
полузакры́тый, half-closed
полумра́к, semi-darkness
полупрезри́тельный, half-disdainful
полуприщу́ренный, half-closed
полурассе́янный, half-absent-minded
полупрозра́чный, semi-transparent
полусло́манный, half-smashed
полусо́знанный, half-conscious
получа́ть / получи́ть (-учу́, -у́чит), to receive
полу́чше, (somewhat) better
полчаса́, half-an-hour
по́льза, use
по́льзоваться (-зуюсь, -зуется) / вос- (+ instr.), to make use of; to enjoy

по́льский, Polish
полюби́ть (-юблю́, -ю́бит) (perf.), to fall in love with
полюби́ться (-юблю́сь, -ю́бится) (+ dat. no imperf.), to arouse the affections (of)
поля́на, glade
пома́диться (-а́жусь, -а́дится) / на-, to grease one's hair
помеща́ть / помести́ть (-ещу́, -ести́т) to place
помеща́ться / помести́ться (-ещу́сь, -ести́тся), to be accommodated
поми́луйте, please do; for pity's sake
помина́ть / помяну́ть (-яну́, -я́нет), to pray for; to remember; **не помина́йте меня́ ли́хом,** do not think unkindly of me
по́мнить, to remember
по́мниться (impers.); **мне по́мнится,** I remember
помога́ть / помо́чь (-огу́, -о́жет, -о́гут; past **-о́г, -огла́)** (+ dat.), to help
помоли́ться see **моли́ться**
помолча́ть (-чу́, -чи́т) (no imperf.), to be silent for a while
помя́ться see **мя́ться**
понести́ see **носи́ть**
понижа́ть / пони́зить (-ни́жу, -ни́зит), to lower
понима́ть / поня́ть (пойму́, поймёт; past **по́нял, поняла́, по́няло),** to understand
поно́шенный, threadbare
поню́хать see **ню́хать**
поня́тный, understandable, natural
поочерёдно, by turns
попада́ться / попа́сться (-аду́сь, -адётся; past **-а́лся),** to get caught; to fall
попереме́нно, alternately
поправля́ть / попра́вить (-влю, -вит), to adjust
поправля́ться / попра́виться (-влюсь, -вится), to recover; to correct oneself
по-пре́жнему, as before
попроси́ть see **проси́ть**
попыта́ться see **пыта́ться**
пора́, it is time; **на пе́рвых пора́х,** at first; **с тех пор, как,** since
поравня́ться (no imperf.), to draw level
поради́ть see **ради́ть**
поража́ть / порази́ть (-ажу́, -ази́т), to strike
поре́деть see **реде́ть**
поро́г, threshold
поруча́ть / поручи́ть (-учу́, -у́чит), to entrust
поруче́ние, (com) mission
поручи́ть see **поруча́ть**
поры́в, impulse, surge, urge
порыже́лый, grown brown; rusty
поря́док, order; **в поря́дке веще́й,** in the order of things
посади́ть see **сажа́ть**
посвиста́ть (-ищу́, -и́щет) (perf.), to whistle (once or twice)
посвяща́ть / посвяти́ть (-ящу́, -яти́т), to dedicate, devote
поселя́ться / посели́ться, to take up one's residence
посети́тель, visitor
посеща́ть / посети́ть (-ещу́, -ети́т), to visit

посеще́ние, visit
поскака́ть (-скачу́, -ска́чет) (no imperf.), to set off at a gallop
поскоре́е, (rather) more quickly
по́сле (+ gen.), after
после́дний, last
после́дствие, consequence
послу́шать see **слу́шать**
послы́шаться see **слы́шаться**
посма́тривать (no perf.), to look at (now and then)
посме́иваться (no perf.), to laugh softly
посмея́ться see **смея́ться**
посмотре́ть see **смотре́ть**
посове́товаться see **сове́товаться**
поспева́ть / поспе́ть, to be in time; (**за** + instr.), to keep up with (in time)
поспе́шный, hurried
посреди́ or **посреди́не** or **посереди́не** (+ gen.), in the middle (of)
поссо́риться see **ссо́риться**
поста́вить see **ста́вить**
посте́ль, bed
посторони́ться see **сторони́ться**
постоя́нный, constant
постоя́ть (-ою́, -ои́т) (perf.), to stand for a bit; to stop
посту́кивать (no perf.), to tap away
поступа́ть / поступи́ть (-уплю́, -у́пит), to enter; to act; to start
посту́пок, action
посыла́ть / посла́ть (пошлю́, пошлёт), to send
потемне́ть see **темне́ть**
потеря́ться see **теря́ться**
поте́ха, fun, enjoyment
потеша́ть / поте́шить (-шу, -шит), to entertain
потеша́ться / поте́шиться (-шусь, -шится), to be amused
потоло́к, ceiling
пото́м, then, after that
потому́, for that reason
потре́бовать see **тре́бовать**
потрево́жить see **трево́жить**
потрепа́ть see **трепа́ть**
поту́пля го́лову, with drooping head
потупля́ться / поту́питься (-плюсь, -пится), to cast down one's eyes
потя́гиваться / потяну́ться (-яну́сь, -я́нется), to stretch oneself
поутру́, in the morning
по-францу́зски, in French
поха́живать (no perf.), to walk to and fro
походи́ть (-ожу́, -о́дит) (**на** + acc.; no perf.), to resemble
похо́дка, gait, walk
похо́жий (**на** + acc.), like
похолоде́ть see **холоде́ть**
похороше́ть see **хороше́ть**
похуде́ть see **худе́ть**
поцелу́й, kiss
почему́-то, for some reason
по́черк, handwriting
почеса́ть see **чеса́ть**
почи́ститься see **чи́ститься**
почита́ть / поче́сть (-чту́, -чтёт; past **-чёл, -чла́),** to consider
по́чта, post; mail
почти́, almost
почти́тельный, respectful
почто́вый, post(al)

почу́диться see **чу́диться**
пощу́пать see **щу́пать**
поэ́зия, poetry
поэ́ма, (long) (epic) poem
поэ́т, poet
поэти́ческий, poetic(al)
появле́ние, appearance
появля́ться / **появи́ться** (**-явлю́сь, -я́вится**), to appear (on the scene)
пою́т see **петь**
пра́вда, truth
правди́вый, truthful, honest
пра́вило, rule
пра́во (noun), right
пра́во (adv.), really, truly
пра́вый, right
превозноси́ть (**-ошу́, -о́сит**) / **превознести́** (**-су́, сёт;** past **-ёс, -есла́**), to extol
превосхо́дство, superiority
превраща́ть / **преврати́ть** (**-ащу́, -ати́т**), to turn
превраща́ться / **преврати́ться** (**-ащу́сь, -ати́тся**), to change
предава́ться (**-даю́сь, -даётся**) / **преда́ться** (**-да́мся,** etc; past **-а́лся, -ала́сь**), to give oneself up (to)
пре́данность, devotion
преда́ться see **предава́ться**
предвари́тельный, preliminary
предви́деть (**-и́жу, -и́дит**), to foresee
предлага́ть / **предложи́ть** (**-ожу́, -о́жит**), to propose
предме́т, object
предостерега́ть / **предостере́чь** (**-егу́, -ежёт, -егу́т;** past **-ёг, -егла́**) (**от** + gen.), to warn (against)
предположе́ние, supposition
предпочита́ть / **предпоче́сть** (**-чту́, -чтёт;** past **-чёл, -чла́**) to prefer
предпочте́ние, preference
представа́ть (**-таю́, -таёт**) / **предста́ть** (**-а́ну, -а́нет**), to appear
представле́ние, idea
представля́ть / **предста́вить** (**-влю, -вит**), to (re)present; to imagine
представля́тсья / **предста́виться** (**-влюсь, вится**), to be presented; to appear in one's mind
предста́ть see **представа́ть**
предуведомля́ть / **предуве́домить** (**-млю, -мит**), to (fore) warn
предчу́вствие, foreboding
предчу́вствовать (**-твую, -твует**), to feel (beforehand); to have a presentiment
пре́жде, before
пре́жний, former
презира́ть / **презре́ть** (**-рю́, -ри́т**), to despise
презри́тельный, contemptuous
преиму́щественный, chief
преклоня́ться / **преклони́ться,** to bend down (in admiration)
прекра́сный, fine, beautiful
прекраща́ть / **прекрати́ть** (**-ащу́, -ати́т**), to cut short
прекраща́ться / **прекрати́ться,** to cease
преле́стный, charming
пре́лесть, charm, fascination
пренебреже́ние, disdain
пресле́довать (**-дую, -дует**) (no perf.), to pursue
пресс, press

престра́нный, very strange, odd
преувели́ченный, exaggerated
при (+ loc.), at, on the occasion of; in the presence of
прибавля́ть / приба́вить (-влю, -вит), to add
приближа́ться / прибли́зиться (-и́жусь, -и́зится), to draw near, approach
приближе́ние, approach
прибы́тие, arrival
приве́т, welcome
привиде́ние, apparition
приволокну́ться (**за** + instr.), (no imperf.), to begin to court
привыка́ть / привы́кнуть (**к** + dat.), to get used (to)
привы́чка, habit
привя́зывать / привяза́ть (-яжу́, -я́жет), to fasten, tie
привя́зываться / привяза́ться (-яжу́сь, -я́жется), to become attached
при́вязь, leash
пригиба́ть / пригну́ть, to bend down
пригова́ривать / приговори́ть, to sentence
пригрози́ть see **грози́ть**
придава́ть (-даю́, -даёт) / прида́ть (-а́м, etc.; past **при́дал, придала́, при́дало),** to attach
приду́мывать / приду́мать, to think (up)
приезжа́ть / прие́хать (-е́ду, -е́дет), to arrive
прижа́ть(ся) see **прижима́ть(ся)**
прижима́ть / прижа́ть (-жму́ -жмёт), to press
прижима́ться / прижа́ться (-жму́сь, -жмётся), to press (squeeze) oneself
приз, prize
признава́ть (-наю́, -наёт) / призна́ть, to recognize
признава́ться (-наю́сь, -наётся) / призна́ться, to confess
при́знак, sign
призна́ть(ся) see **признава́ть(ся)**
при́зрак, apparition, phantom
прии́скивать / приииска́ть (-ищу́, -и́щет), to find
прийти́ see **приходи́ть**
прийти́сь see **приходи́ться**
прика́зный (noun decl. as adj.) clerk
прика́зывать / приказа́ть (-ажу́, -а́жет), to command, order
прикаса́ться / прикосну́ться (к + dat.; or simply + dat.), to touch
приласка́ть (no imperf.), to caress
приле́жный, diligent
прилета́ть / прилете́ть (-лечу́, -лети́т), to come on the air
прили́чный (+ dat.), befitting
приме́рно, approximately; for example
принадлежа́ть (-жу́, -жи́т) (+ dat.), to belong (to)
принима́ть / приня́ть (приму́, при́мет; past **при́нял, приняла́, при́няло),** to receive; to assume; to clear away
принима́ться / приня́ться (приму́сь, при́мется; past **-ялся́, -ала́сь),** to set about

при́нятый, accepted
припада́ть / **припа́сть (-аду́, -адёт;** past **-а́л),** to fall (down, at the feet of)
припа́док, attack, fit
припа́сть see **припада́ть**
приподнима́ть / **приподня́ть (-ниму́, -ни́мет;** past **-о́днял, -одняла́, -о́дняло),** to raise (slightly)
приподнима́ться / **приподня́ться (-ниму́сь, -ни́мется;** past **-я́лся, -яла́сь),** to rise
припомина́ть / **припо́мнить,** to recall
приса́живаться / **присе́сть (-ся́ду, -ся́дет;** past **-се́л),** to sit down (for a short time)
присла́ть see **присыла́ть**
прислоня́ться / **прислони́ться (к** + dat.), to lean (against)
прислу́шиваться / **прислу́шаться,** to listen, try to make out what is being said
присни́ться see **сни́ться**
присове́товать (-тую, -тует) (conversational perf. of **сове́товать**), to advise
при́стально, fixedly
пристыжа́ть / **пристыди́ть (-ыжу́, -ыди́т),** to put to shame
прису́тствие, presence
прису́тствовать (-вую, -вует) (no perf.), to be present
присыла́ть / **присла́ть (пришлю́, пришлёт),** to send
притаи́ть (-таю́, таи́т) дыха́ние, (no imperf.), to hold one's breath
притащи́ться (-ащу́сь, -а́щится) (perf.), to drag oneself along
притворя́ть / **притвори́ть (-орю́, -о́рит),** to close, push to
прито́м, besides
прихо́д arrival
приходи́ть (-ожу́, -о́дит) / **прийти́ (-иду́, -идёт;** past **пришёл, пришла́),** to arrive
приходи́ться (-о́дится) / **прийти́сь (придётся;** past **пришло́сь)** (impers. + inf.), to be necessary; to be imposed
приходи́ться (-ожу́сь, -о́дится) / **прийти́сь (приду́сь, придётся;** past **пришёлся, пришла́сь) (о** + acc.), to hit
при́хоть, whim, caprice
причём, whereby (introduces a statement of what takes place at the same time)
причеса́ться see **причёсываться**
причёска, haircut; coiffure
причёсываться / **причеса́ться (-ешу́сь, -е́шется),** to comb one's hair
причи́на, cause; **по причи́не** (+ gen.), because of
пришепётывать (no perf.), to lisp.
прищу́риваться / **прищу́риться,** to screw up one's eyes
прия́тель, friend
прия́тный, pleasant
про: про себя́, to oneself
проба́лтываться / **проболта́ться,** to let the cat out of the bag
пробега́ть / **пробежа́ть (-егу́, -ежи́т, -егу́т),** to run through

пробива́ться / **проби́ться (-бью́сь, -бьётся),** to force a way (through)
пробира́ть / **пробра́ть (-беру́, -берёт;** past **-а́л, -ала́, -а́ло),** to get at
пробира́ться / **пробра́ться (-беру́сь, -берётся),** to make one's way
проби́ть see **бить**
про́бка, cork
проболта́ться see **проба́лтываться**
пробормота́ть see **бормота́ть**
пробра́ть(ся) see **пробира́ть(ся)**
проброди́ть (-ожу́, -о́дит) (no imperf.), to wander (aimlessly)
проводи́ть (-ожу́, -о́дит) / **провести́ (-еду́, -едёт;** past **-ёл, -ела́),** to conduct; to spend (time); to accompany on a (last) journey; also see **провожа́ть**
провожа́ть / **проводи́ть (-ожу́, -о́дит),** to accompany; to follow
прово́рный, agile, nimble, quick
проговори́ть (no imperf.), to utter
прогоня́ть / **прогна́ть (-гоню́, -го́нит;** past **-а́л, -ала́, -а́ло),** to drive away
прогу́лка, walk
продава́ть (-даю́, -даёт) / **прода́ть (-а́м,** etc.; past **про́дал, продала́, про́дало),** to sell
проде́лывать / **проде́лать,** to get up to
продолжа́ть / **продо́лжить (-жу, -жит),** to continue
продолжи́тельный, prolonged
проезжа́ть / **прое́хать (-е́ду, -е́дет),** to ride (through)
прозра́чный, transparent, limpid
прозя́бнуть (past **-зя́б, -зя́бла),** (no imperf.), to be chilled
прои́грывать / **проигра́ть,** to lose
произведе́ние, work
производи́ть (-ожу́, -о́дит) / **произвести́ (-еду́, -едёт;** past **-ёл, -ела́),** to produce
произнести́ see **произноси́ть**
произноси́ть (-ошу́, -о́сит) / **произнести́ (-су́, -сёт;** past **-ёс, -есла́),** to pronounce
произноше́ние, pronunciation
произойти́ see **происходи́ть**
происходи́ть (-о́дит) / **произойти́ (-ойдёт;** past **-ошёл, -ошла́),** to happen, take place
происше́ствие, incident
пройти́ see **проходи́ть**
пройти́сь see **проха́живаться**
прокалённый, tempered, hardened
прокра́дываться / **прокра́сться (-аду́сь, -адётся),** to steal (through)
пролепета́ть (-печу́, -пе́чет) (no imperf.), to utter indistinctly
пролета́ть / **пролете́ть (-лечу́, -лети́т),** to fly past
пролива́ться / **проли́ться (-лётся;** past **-и́лся, -ила́сь),** to be poured
промелькну́ть (perf.), to flash (past)
промо́лвить (-влю, -вит) (perf.), to say

промолча́ть (-чу́,-чи́т)(perf.), to keep silent (for a time)
промча́ться (-чу́сь, -чи́тся) (perf.), to rush; to flash past
пронзи́тельный, penetrating
проника́ть / прони́кнуть, to penetrate; to steep
проница́тельный, acute, penetrating
пропада́ть / пропа́сть (-аду́, -адёт; past **-а́л),** to be missing; to be lost; to disappear
проплыва́ть / проплы́ть (-ыву́, -ывёт; past **-ы́л, -ыла́, -ы́ло),** to swim out of sight (or past)
пропля́сывать / пропляса́ть (-яшу́, -я́шет), to perform a dance
проползá́ть / проползти́ (-зу́, -зёт; past **-о́лз, -олзла́),** to creep, crawl
пропуска́ть / пропусти́ть (-ущу́, -у́стит), to let pass
про́седь, greying hair
проси́живать / просиде́ть (-ижу́, -иди́т), to sit (through)
проси́ть (-ошу́, -о́сит) / по-, to request, ask
просну́ться see **просыпа́ться**
проста́ивать / простоя́ть (-ою́, -ои́т), to stand (through)
просте́нок, space between windows
прости́!, (obs. for **проща́й!**), farewell!
простира́ться / простере́ться (-трётся; past **-тёрся, -тёрлась),** to stretch
прости́ть see **проща́ть**
простоволо́сый, bare-headed
просто́й, simple
простота́, simplicity
простоя́ть see **проста́ивать**
простра́нный, vast, lengthy
простужа́ться / простуди́ться (-ужу́сь, -у́дится), to catch a cold
проступа́ть / проступи́ть (-у́пит), to break through
простыва́ть / просты́ть (-ы́ну, -ы́нет), to grow cold
просыпа́ться / просну́ться, to wake up
про́сьба, request
протека́ть / проте́чь (-ечёт, -еку́т; past **-ёк, -екла́),** to flow, run
про́тив, (+ gen.), opposite, against
проти́вный, repugnant, repulsive
противополо́жный, opposite, contradictory
противоре́чие, contradiction
протя́гивать / протяну́ть (-яну́, -я́нет), to stretch (out)
проха́живаться / пройти́сь (-йду́сь, -йдётся; past **-ошёлся, -ошла́сь),** to stroll up and down
проходи́ть (-ожу́, -о́дит) / пройти́ -йду́, -йдёт; past **прошёл, прошла́),** to pass
проце́нт, percentage; (plur.), interest
проце́сс, lawsuit
проче́сть see **чита́ть**
про́чий, other; **ме́жду про́чим,** amongst other things
прочь, away
прошепта́ть see **шепта́ть**
проща́йте, farewell, good-bye
проща́льный, (of) farewell
проща́ние, farewell

прощáть / простúть (-ощý, -остúт), to forgive
прощáться / простúться (-ощýсь, -остúтся), to take one's leave
прыгать / прыгнуть, to jump
прыжóк, jump, leap
прядь, lock
прямо, straight (away); straight out
прямóй, straight; frank
психóлог, psychologist
птúца, bird
птúчка (aff. dim. of **птúца**), bird
пугáть / ис-, to frighten, scare
пугáться / ис-, to be frightened
пýговица, button
пурпýровый, purple
пускáть / пустúть (пущý, пýстит), to let; **пускáть по вéтру,** to scatter in the wind
пускáться / пустúться (пущýсь, пýстится), to start out; to let oneself go; (**в** + acc.), to get involved (in)
пустóй, empty; shallow; worthless
пустяк, a trifle, worthless thing
путéйский, (of the) railway
пýхленький (aff. dim. of **пýхлый),** chubby, plump
пушúстый, fluffy, silky
пчелá, bee
пыль, dust
пытáться / по-, to try
пьедестáл, pedestal
пьянéть / о-. to be(come) intoxicated
пятеро, (group of)five
пятнó, spot, bruise; patch (of colour)

Р

раболéпствовать (-твую, -твует), (no perf.), to fawn
рабóтать, to work
равнúна, plain
равнó: всё равнó, it doesn't matter; it's all the same
равнодýшный, indifferent; offhanded
равняться / с- (**с** + instr.), to become like; to get on the same level as
рад, glad; (+ dat.), glad (to see)
радéть / по-, (+ dat.), to bother (about)
рáдоваться (-дуюсь, -дуется) / об- (+ dat.), to be pleased (at or to see)
рáдостный, joyful, glad
рáдость, joy
раз, time, occasion; **два рáза,** twice; **ни рáзу,** not (even) once
разбóйник, brigand, robber
разбрáсывать / разбросáть, to scatter
развáлина, ruin
рáзве, can it be (that)
развернýть see **развёртывать**
развéрстый, wide-open
развёртывать / развернýть, to open
развестú see **разводúть**
разветвлённый, branching, forked
развивáть / развúть (-зовью́, -зовъёт, past **-úл, -илá, -úло),** to develop
развúтый, uncurled, let-down
развúть see **развивáть**

разводи́ть (-ожу́, -о́дит) / развести́ (-еду́, -едёт; past -ёл, -ела́) рука́ми, to make a gesture of helplessness
разво́ды (plur.), design
развя́зность, free and easy manner
развя́зный, free and easy, familiar
развя́зывать / развяза́ть (-яжу́, -я́жет), to untie, unwind
разга́р, full swing, height
разгляде́ть (-яжу́, -яди́т) (perf.), to make out
разгова́ривать, to talk
разгово́р, conversation
разго́нистый, sprawling
разгора́ться / разгоре́ться (-рю́сь, -ри́тся), to flame up
разгорячённый, flushed
раздава́ться (-даётся) / разда́ться (-а́стся, -аду́тся; past -а́лся, -ала́сь), to (re) sound
раздави́ть see **дави́ть**
разда́ться see **раздава́ться**
раздвига́ть / раздви́нуть бро́ви, to cease frowning
раздева́ться / разде́ться (-де́нусь, -де́нется), to undress
разделя́ть / раздели́ть (-елю́, -е́лит), to divide
раздёргивать / раздёрнуть, to pull apart
раздража́ться / раздражи́ться (-жу́сь, -жи́тся), to get irritated
раздраже́ние, irritation
раздражи́тельность, irritability
раздражи́тельный, irritable; irritating
разду́мывать (no perf. in this meaning), to ponder
разду́мье, hesitation; meditation; thoughtful mood
разду́тый, blown out, swollen
разжима́ть / разжа́ть (разожму́, разожмёт), to unclench
различный, various
размыкать (perf.), to disperse, drive away
размышля́ть / размы́слить (-лю, -лит), to reflect
разнообра́знейший, most varied
ра́зный, various
разогрева́ться / разогре́ться, to warm up
разойти́сь see **расходи́ться**
ра́зом, (all) at once
разорва́ть(ся) see **разрыва́ть(ся)**
разоря́ться / разори́ться, to be ruined
разража́ться / разрази́ться (-ази́тся), to break out, burst
разреша́ться / разреши́ться (+ instr.), to end (in), be resolved (by)
разрыва́ть / разорва́ть (-ву́, -вёт; past -а́л, -ала́, -а́ло, to tear apart, break
рарыва́ться / разорва́ться (-вётся; past -а́лся, -ала́сь), to burst
разуме́ется, it goes without saying; of course
разу́мный, sensible
разъезжа́ться / разъе́хаться (-е́дусь, -е́дется), to separate, go (their) various ways
разъе́хаться see **разъезжа́ться**
рай, paradise

рак, crayfish
ра́на, wound
ра́но, early
ра́ньше, earlier
раскла́ниваться / раскла́няться, to make one's bow
раскрыва́ть / раскры́ть (-ро́ю, -ро́ет), to open
раскрыва́ться / раскры́ться (-ро́юсь, -ро́ется), to open (out)
раскуси́ть (-ушу́, -у́сит) (no imperf. in this meaning), to see through
распа́хиваться / распахну́ться, to fly open
расположе́ние, (favourable) disposition
расправля́ть / распра́вить (-влю, -вит), to straighten, smooth out
распуска́ть / распусти́ть (-ущу́, -у́стит), to loosen; to spread
распу́тывать / распу́тать, to untangle
рассерди́ться see **серди́ться**
расска́з, story
расска́зывать / рассказа́ть (-ажу́, -а́жет), to tell, relate
рассма́тривать / рассмотре́ть (-отрю́, -о́трит), to scrutinize, consider
рассмея́ться (-ею́сь, -еётся) (perf.), to burst out laughing
расспра́шивать / расспроси́ть (-ошу́, -о́сит), to question
расстава́ться (-таю́сь, -таётся) / расста́ться (-а́нусь, -а́нется), (с + instr.) to part (from)
расставля́ть / расста́вить (-влю, -вит), to arrange, set out
расстано́вка: с расстано́вкой, without haste
расста́ться see **расстава́ться**
расстёгивать / расстегну́ть, to unfasten
расстила́ться / разостла́ться, (рассте́лется), to (be) spread (out)
рассуди́тельный, sensible; staid
рассужда́ть (no perf.), to reason; to discuss
расте́риваться / растеря́ться, to be dumbfounded
расти́ (-ту́, -тёт; past **рос, росла́) / вы́-,** to grow (up)
растопы́ривать / растопы́рить, to spread wide
расточа́ть / расточи́ть (-чу́, -чи́т), to squander; to pour out
расточи́тель, spendthrift
растрёпанный, tousled
расха́живать (no perf.), to walk about; to pace up and down
расхва́ливать / расхвали́ть (-алю́, -а́лит), to lavish praise on
расходи́ться (-ожу́сь, -о́дится) / разойти́сь (-ойду́сь, -ойдётся; past **-ошёлся, -ошла́сь),** to disperse, break up; to dissolve, melt
расхохота́ться (-очу́сь, -о́чется), (no imperf.), to burst out laughing
расчёт, pecuniary benefit; calculation
расшвы́ривать / расшвыря́ть, to throw in all directions

расшевели́ться (perf.), to begin to stir
расширя́ть / расши́рить, to widen
ребёнок, child
ревмати́зм, rheumatism, rheumatic pain
ревни́вый, jealous
ревнова́ть (-ну́ю, ну́ет) / при- (**к** + dat.), to be jealous (of)
ре́вность, jealousy
реде́ть / по-, to grow thin, scanty; to thin
ре́дкий, rare; scanty, thin
ре́же (comp. of **ре́дко),** more rarely
резви́ться (-влю́сь, -ви́тся) (no perf.), to be playful
ре́звость, playfulness
ре́звый, frisky
ре́зкий, sharp, severe
репута́ция, reputation
ресни́ца, eyelash
речь, speech; account
реша́ть / реши́ть (-шу́, -ши́т), to decide, settle
реша́ться / реши́ться (-шу́сь, -ши́тся), to make up one's mind
реше́ние, decision
реши́мость, resolution
реши́тельность, resolution
реши́тельный, definite; decisive
реши́ть(ся) see **реша́ть(ся)**
ржать (ржу, ржёт) (no perf.), to neigh, whinny
ри́нуться (no imperf.), to rush
рискова́ть (-ку́ю, -ку́ет) / рискну́ть (+ instr.), to risk
рисова́ть (-су́ю, -су́ет) / на-, to draw
ри́фма, rhyme
робе́ть / за-, to be timid or scared
ро́бкий, timid, shy
ро́вно, exactly
ро́вный, even
род, style, kind
роди́тель, parent
родно́й, own
ро́ды (plur.), childbirth
ро́за, rose
ро́зовый, pink
роль, role, part
рома́н, novel
рома́нс, song, romance
романти́зм, romanticism
романти́ческий, romantic
роня́ть / урони́ть (-оню́, -о́нит), to drop
ропта́ть (ропщу́, ро́пщет) (**на** + acc.; no perf.), to grumble, speak angrily (about)
рос, росла́, etc. see **расти́**
ро́скошь, luxury
рот, mouth
рубе́ц, weal
ру́бленый, minced
рубль, rouble
ружьё, gun
рука́, hand; arm; **по́д руку,** by the arm, arm-in-arm; **в рука́х,** in one's power
рука́в, sleeve
румя́ный, ruddy, rosy
руча́ться / по- (**за** + acc.), to vouch (for)
ру́чка, arm (of chair, etc.); handle, holder; (aff. dim. of **рука́**), hand; arm
ры́ба, fish
рыда́ние, sobbing
рыда́ть / за-, to sob
ры́же-ча́лый, chestnut-roan

рысь, trot
рыть (ро́ю, ро́ет) / вы́-, to dig
ры́царь, knight
рыча́г, lever
рябо́й, pock-marked
ря́дом, side by side

С

са́бля, sabre
сад, garden; orchard
сади́ться (сажу́сь, сади́тся) / сесть (ся́ду, ся́дет; past **сел),** to sit down
сажа́ть / посади́ть (-ажу́, -а́дит), to seat
са́жень, (measure of distance), 2.13 m
са́льный, greasy; tallow
сам, (my-, one- etc.) self
самовла́стный, despotic, autocratic
самодово́льный, complacent
самоуве́ренный, self-confident
са́мый, no other than, very
сбива́ть / сбить (собью́, собьёт), to knock off; **сбива́ть с то́лку,** to bewilder
сбо́ку, from (on) one side
сбор, preparation
сбыва́ться / сбы́ться (сбу́дется; past **сбы́лся, сбыла́сь) (из** + gen.), to come(off); to come true
сва́таь / по- or **со-,** to make a match of
све́жий, fresh, cool
сверка́ть / сверкну́ть, to flash
сверну́ть(ся) see **свёртывать(ся)**
свёртывать / сверну́ть, to roll up; to twist
свёртываться / сверну́ться, to curl or roll up
сверх, over
све́рху, from above, from the top; overhead
све́сить see **све́шивать**
свести́ see **своди́ть**
свет, light; world; **на све́те,** in the world
свети́ть (-ечу́, -е́тит), to shine
свети́ться (-е́тится), to shine
све́тлый, bright
све́чка, candle
све́шивать / све́сить (све́шу, све́сит), to dangle
свида́ние, meeting, rendez-vous
свиде́тель, witness
свино́й, (of a) pig; piglike
свист, whistle; swish
свиста́ть (-ищу́, -и́щет) or **свисте́ть (-ищу́, -исти́т) / сви́стнуть,** to whistle; to pipe
свобо́да, freeom
свобо́дный, free
своди́ть (-ожу́, -о́дит) / свести́ (-еду́, -едёт; past **-ёл, -ела́) (на** + acc.), to pass on (to)
своеобра́зный, distinctive
свой, one's (his, her, their, etc.) own
сво́йственный, peculiar
сво́йство, property, characteristic
вя́зка, bunch, bundle; skein; sheaf
сгиба́ться / согну́ться, to bend (down)
сдава́ть (-аю́, -аёт) / сдать (-а́м, etc.; past **-а́л, -ала́, -а́ло),** to hand round; to deal
сдава́ться (сдаётся) (impers.), to seem

сдви́нутый, knitted
сде́латься see **де́латься**
сде́рживать / сдержа́ть (-ержу́, -е́ржит), to restrain, subdue; to keep
себя́, (my-, one-, etc.) self
сего́дня, to-day
седла́ть / о-, to saddle
седо́й, grey(-haired)
секре́т, secret
селёдка, herring
семе́йный, family; domestic
семе́йство, family
серди́тый, angry, in a temper
серди́ться (-ержу́сь, -е́рдится) / рас- (на + acc.), to be angry (with)
се́рдце, heart
серебри́стый, silvery
се́ренький (aff. dim. of **се́рый**), grey
се́рый, grey
серьёзный, serious, earnest
сестра́, sister
сесть see **сади́ться**
сеть, net; (plur.), trammels
сжима́ть / сжать (сожму́, сожмёт), to squeeze, press (together)
сжима́ться / сжа́ться (сожму́сь, сожмётся), to shrink, contract; to feel tight
сза́ди, from behind
сига́ра, cigar
сиде́ть (-ижу́, -иди́т), to sit
си́ла, force; **мне не под си́лу,** too much for me (to bear)
си́литься (no perf.), to make an effort
си́льно, considerably
си́льный, strong
сине́ть / по-, to show (up) blue
си́ний, (dark) blue
си́плый, hoarse
сия́тельный, titled
сия́тельство, her (his, etc.) grace
сия́ть, to shine, beam
сказа́ть see **говори́ть**
ска́зка, (fairy-)story
ска́зываться / сказа́ться (ска́жется), to be revealed, be told; to be said to be
скака́ть (-ачу́, -а́чет), to gallop
скаме́ечка (dim. of **скамья́**), bench
скамья́, bench
сквозь (+ acc.), through
скита́ться, to roam about
скла́дка, fold
склеп, vault, crypt
склоня́ть / склони́ть (-оню́, -о́нит), to incline, bend
склоня́ться / склони́ться (-оню́сь, -о́нится), to bend (down)
ско́лько, how many; how much
сконфу́зиться see **конфу́зиться**
сконча́ться see **конча́ться**
ско́ро, soon, quickly
скорогово́рка, speaking hurriedly
ско́рчиться see **ко́рчиться**
скре́щивать / скрести́ть (-ещу́, -ести́т), to cross
скрип, squeak, creak
скро́мный, modest
скрыва́ть / скрыть (-ро́ю, -ро́ет), to hide
скрыва́ться / скры́ться (-ро́юсь, -ро́ется), to hide; to be lost to sight
скры́тность, secretiveness, secrecy

скры́тный, secretive, secret
скрыть see **скрыва́ть**
скуча́ть, to be bored
ску́чный, boring
сла́бый, weak
сла́ва, fame; **сла́ва Бо́гу,** thank God
сла́виться (-влюсь, -вится) (+ instr.; no perf.), to be famed (for)
сла́вный, splendid
сла́дить see **сла́живать**
сла́дкий, sweet, pleasant
сла́дость, sweetness
сла́живать / **сла́дить (-а́жу, -а́дит)** to arrange, settle
слегка́, slightly
след, trace
следи́ть (-ежу́, -еди́т) (**за** + instr.) to follow
сле́довать: мне сле́дует, I ought to
сле́дующий, following
слеза́, tear
слеза́ть / **слезть (-е́зу, -е́зет;** past **слез, сле́зла),** to dismount
сле́зливый, tearful; fretful
слепо́й, blind
сли́шком, too
сло́вно, as if
сло́во, word; **на слова́х,** by word of mouth
сло́женный, piled up
слома́ть see **лома́ть**
сломи́ть (-омлю́, -о́мит) (no imperf.) to break, subdue
слуга́, (male) servant
слу́жба, (military or civil) service; work
служи́ть (-ужу́, -у́жит) / **по-,** to serve
слу́чай, opportunity, occasion, chance
случа́йно, by chance
случа́йность, chance
случа́ться / **случи́ться,** to happen
слыха́ть, (imperf. but not used in pres. tense), to hear
слу́шать / **по-,** to listen
слу́шаться / **по-** (+ gen.), to obey
слы́шать (-шу, -шит) / **у-** or **услыха́ть (-ы́шу, -ы́шит),** to hear
слы́шаться (-ы́шится) / **по-,** to be heard
слы́шный, audible
сме́лый, bold
сменя́ть / **смени́ть (-еню́, -е́нит),** to change; to replace
смерть, death
смесь, mixture
сметь / **по-,** to dare
смех, laugh(ter)
сме́шиваться / **смеша́ться,** to become confused
смешно́й (short form: **смешо́н),** amusing, curious
смея́ться (-ею́сь, -еётся) / **за-** or **по-,** to laugh
сми́рный, quiet
смо́рщенный, wrinkled
смотре́ть (-отрю́, -о́трит) / **по-,** to see, look; **смотри́те** (+ another imperative), see to it that...
сму́тный, vague, dim.
смуща́ть / **смути́ть (-ущу́, -ути́т),** to confuse, embarrass
смуща́ться / **смути́ться (-ущу́сь, -ути́тся,)** to be embarrassed

смущéние, confusion, embarassment
снег, snow
снести́ уда́р (perf. of **нести́: -есу́, -есёт;** past **нёс, несла́**), to suffer a blow
снима́ть / снять (сниму́, сни́мет; past **снял, сняла́, сня́ло**), to take off
снисходи́тельный, condescending
сни́ться / при-, to appear in a dream
сно́ва, again
сноше́ние, dealings
снять see **снима́ть**
соба́чка (aff. dim. of **соба́ка**), dog
собира́ться / собра́ться (-беру́сь, -берётся; past **-а́лся, -ала́сь**), to gather (together); (+ inf.), to be about to
со́бственно говоря́, strictly speaking
со́бственный, one's own
сова́ть (сую́, суёт) / су́нуть, to thrust
соверша́ться / соверши́ться, to be carried out
соверше́нно, completely
сове́товать (-тую, -тует) / по-, (+ dat.), to advise
сове́товаться (-туюсь, -туется) / по-, to talk things over; to take advice
совеща́ние, consultation
совсе́м, completely
соглаша́ться / согласи́ться (-ашу́сь, -аси́тся) (на + acc.), to agree (to)
содрога́ние, tremor, quiver
содрога́ться / содрогну́ться, to shudder
сожале́ние, regret; pity
сожале́ть (о + loc.; no perf.), to regret
сожму́сь see **сжа́ться**
сознава́ть, -наю́, -наёт / созна́ть, to be conscious of; to recognize
сознава́ться, -наю́сь, -наётся / созна́ться, to confess
созна́ние, consciousness
сойти́ see **сходи́ть**
сойти́сь see **сходи́ться**
сокраща́ться / сократи́ться, to be cut short; to become shorter
сокро́вище, treasure
сокруша́ть / сокруши́ть (-шу́, -ши́т), to shatter; to distress
со́лнечный, (of the) sun; sunny
соло́менный, (made of) straw
соль, salt
сомни́тельный, doubtful, dubious
сон, sleep; **во сне,** in a dream; in one's sleep
сообража́ть / сообрази́ть (-ажу́, -ази́т), to consider, think
соображе́ние, consideration; conjecture
сообрази́ть see **сообража́ть**
сообща́ть / сообщи́ть (-щу́, -щи́т), to report, tell
сопе́рник, rival
сопровожде́ние, accompaniment, escort
сопротивля́ться (no perf.), to resist
сорва́ть see **срыва́ть**
со́рок, forty
сосва́тать see **сва́тать**
сосе́д, neighbour

сосе́дка, (female) neighbour
сосе́дний, neighbouring; from next door
соска́кивать / соскочи́ть (-очу́, -о́чит), to jump off
соска́льзывать / соскользну́ть, to slide down (off)
соскочи́ть see **соска́кивать**
соску́читься (-чусь, -чится) (no imperf.), to get bored; to become downcast
сослужи́вец, colleague
сосредото́ченный, concentrated
соста́в, frame; body; company
составля́ть / соста́вить (-влю, -вит), to put together; to arrange
соста́рить see **ста́рить**
состоя́ние, fortune; state, position; readiness; **в состоя́нии,** capable of
состоя́ть (-ою́, -ои́т) (**из** + gen; **в** + loc.; no perf.), no consist (of; in)
сохраня́ть / сохрани́ть, to preserve, keep
сочине́ние, (literary) work; composition
сочини́тель, author
сочиня́ть / сочини́ть, to compose, make up; to write
сочу́вствовать (-твую, -твует) (+ dat.; no perf.), to sympathize (with)
спа́льня, bedroom
спаса́ть / спасти́ (-су́, -сёт; past **спас, спасла́),** to save, rescue
спасённый, saved
спаси́бо, thanks
спать (сплю, спит; past **спал, спала́, спа́ло),** to sleep
спекуля́ция, speculation
сперва́, first, at first
спеши́ть (-шу́, -ши́т) / по-, to hurry
спина́, back
спи́нка, back (of chair, coat, etc.); (aff. dim. of **спина́**), back
спи́ца, knitting needle
спле́тня, goosip, scandal
сплошно́й, compact, dense
споко́йный, calm, untroubled
споко́йствие, calmness, tranquillity
спо́рить / по-, to argue
спосо́бность, capability
спосо́бствовать (-твую, -твует) / по- (+ dat.), to help, make easier
спохва́тываться / спохвати́ться (-ачу́сь, -а́тится), to think again, think what one is doing
справедли́вость, justice
спра́шивать / спроси́ть (-ошу́, -о́сит), to ask
спроси́ть see **спра́шивать**
спры́гивать / спры́гнуть, to jump down
спуска́ть / спусти́ть, -ущу́, -у́стит (+ dat.), to be indulgent (to); (+ acc.), to lower
спуска́ться / спусти́ться (-ущу́сь, -у́стится), to descend
спустя́, later
сравне́ние, comparison
сра́внивать / сравни́ть, to compare
сравня́ться see **равня́ться**
среди́на, middle
срыва́ть / сорва́ть (-ву́, -вёт; past **-а́л, -ала́, -а́ло),** to tear off; to pick

сря́ду, in a row
ссо́риться / по-, to squabble, quarrel
ста́вень or **ста́вня,** shutter
ста́вить (-влю, -вит) / по-, to place
ста́лкиваться / столкну́ться (**с** + instr.), to bump (into)
стан, waist; figure; trunk
станови́ться (-овлю́сь, -о́вится) / стать (ста́ну, ста́нет), to become
стара́ние, assiduity
стара́тельный, careful, diligent
стара́ться / по-, to try
ста́ренький (aff. dim. of **ста́рый,**) old
стари́к, old man
ста́рить / по-, to age
старомо́дный, old-fashioned
стару́ха or **стару́шка,** old woman
стару́шечий, old-womanish
ста́рше, older; elder
ста́рый, old
ста́туя, statue
стать see **станови́ться**
стать (no imperf.), to take up a position; to get
стать (+ inf.): **я не ста́ну,** I shall not; **ста́ло быть,** and so
стать (ста́нет) (impersonal + gen.; imperf. **служи́ть** **ставáть (стаёт),** to be sufficient
статься (ста́нется) (**с** + instr.; impersonal; no imperf.), to become (of)
ствол, trunk
сте́бель, stem, stalk
стекло́, glass; window-pane
степе́нный, staid, sedate
сте́пень, degree, extent
стесня́ть / стесни́ть, to restrain, hinder
стесня́ться / по-, to be embarrassed
сти́скивать / сти́снуть, to squeeze, clench; to purse
стих, (line of) verse
стихотворе́ние, poem
сто, hundred
сто́ить, to cost; to be worth
стол, table; **за столо́м,** at table
столбене́ть / о-, to be transfixed, stand stock still
столкну́ться see **ста́лкиваться**
сто́лько; не сто́лько... ско́лько ..., not so much... as...
сто́ра or **што́ра,** blind
сторона́, side, direction; **по сторона́м,** in all directions
сторони́ться (-оню́сь, -о́нится) / по-, to stand (step) aside
стоя́ть (стою́, стои́т), to stand; to be found
страда́ние, suffering
страни́ца, page
стра́нный, strange
стра́стность, passion
стра́стный, passionate
страсть, passion
страх, fear
страши́ться (-шу́сь, -ши́тся) (no perf.), to be afraid
стра́шный, terrible, dreadful.; **мне стра́шно,** I'm afraid
стреми́тельный, swift
стреми́ться (-млю́сь, -ми́тся) (no perf.), to strive, aspire
стриж, martin
стро́гий, strict, severe, stern
стро́ить, to build; to make (plans, etc.).

стро́йный, well-proportioned, slim, shapely
стро́чка or **строка́,** line
струна́, string (of a musical instrument)
студе́нт, student
стук, knock, rattle, tapping
сту́кать / **сту́кнуть,** to knock, bang
стул, chair
ступа́ть / **ступи́ть (-уплю́, -у́пит),** to step; to go
ступе́нька (dim. of **ступе́нь**), step
стуча́ть (-чу́, -чи́т) / **по-,** or **сту́кнуть,** to knock
стуча́ться (-чу́сь, -чи́тся) / **по-** (**в** + acc.), to knock (at)
стыди́ться (-ыжу́сь, -ыди́тся) / **по-,** to be ashamed
стыдли́вый, bashful, shy
сты́дно: мне сты́дно, I feel ashamed
суди́ть (сужу́, су́дит) (no perf.), to judge; to predestine
су́дорожный, convulsive
судьба́, fate
суждённый, fated, predestined
сукно́, cloth
суме́ть see **уме́ть**
су́мма, sum
су́нуть see **сова́ть**
супру́г, husband
сургу́ч, sealing-wax
суро́вый, severe
сутулова́тый, round-shouldered
сухо́й, dry, uninteresting
сучо́к, twig
существо́, being
существова́ть (-тву́ю, -тву́ет), to exist
схвати́ть see **хвата́ть**
сходи́ть (-ожу́, -о́дит) / **сойти́ (-йду́, -йдёт;** past **сошёл, сошла́),** to go down
сходи́ться (-ожу́сь, -о́дится) / **сойти́сь (-йду́сь, -йдётся;** past **сошёлся, сошла́сь),** to meet
схо́дка, gathering
сце́на, scene
счастли́вец, lucky man
счастли́вый, happy, lucky
сча́стье, happiness
счёт, account
счита́ть / **счесть (сочту́, сочтёт;** past **счёл, сочла́),** to consider
сшить see **шить**
съёживаться / **съёжиться (-жусь, -жится),** to shrivel, shrink up
сын, son
сыр, cheese
сыро́й, damp; raw
сы́рость, dampness; rawness
сюда́, (to) here
сюже́т, subject
сюрту́к, (frock-)coat
сюртучо́к (dim. of **сюрту́к**), frockcoat
ся́ду, ся́дьте see **сади́ться**
сяк: так и сяк, not so bad

Т

таба́к, snuff
табаке́рка, snuff-box
та́бор, (Gipsy) camp
таи́нственность, (air of) mystery
таи́нственный, mysterious; enigmatic
таи́ться (no perf.), to be concealed

та́йна, secret
та́йный, secret
так, thus; **так как,** as; **так и,** simply
та́кже, likewise, also
та́к-таки, really
та́лия, waist
танцева́ть (-цу́ю, -цу́ет), to dance
таре́лка, plate
таска́ться / тащи́ться (тащу́сь, та́щится) / потащи́ться, to gad about; to have around
та́ять (та́ю, та́ет) / рас-, to melt
тверди́ть (-ржу́, -рди́т) (no perf.), to repeat; to say more than once
твёрдый, hard; firm
теле́сный, corporal; physical
те́ло, body
тёмненький (dim. of **тёмный**), dark
темне́ть / по-, to become dark
темни́ца, dungeon
темнота́, darkness
тёмный, dark
тень, shade; shadow
тепе́решний, present
тепе́рь, now
тёплый, warm
терза́ние, torment
терпе́ть (терплю́, те́рпит), to suffer, stand
теря́ться / по-, to be lost
тесни́ться / по-, to crowd
те́сный, narrow, confined
тетра́дка, note-book
тетра́дь, exercise-book
тётушка, aunt
тече́ние, course
те́шить (-шу, -шит) / по-, to amuse, entertain
тигро́вый, (of a) tiger
ти́тул, title
ти́хий, quiet
тихо́нько = ти́хо, quietly, silently
ти́ше, quieter; more restrained
тишина́, quiet
то..., то..., now..., now...
това́рищ, comrade, friend
тогда́, then
то́же, also
толк, sense; **сбить с то́лку,** see **сбива́ть**
толка́ть / толкну́ть, to push, jolt; to strike
толкова́ть (-ку́ю, -ку́ет) (no perf.), to discuss
толпа́, crowd
толпи́ться (no perf.), to crowd
то́лстый, fat; thick; heavy
толчо́к, jolt
то́лько, only; **как то́лько,** as soon as; **то́лько что,** just; recently
томи́тельный, wearisome
томле́ние, weariness; torment
то́ненький (aff. dim. of **то́нкий**), thin; slender; delicate
то́нкий, thin; fine, delicate
то́пать / то́пнуть, (+ instr.), to stamp
торже́ственный, solemn; triumphant
торжествова́ть (-тву́ю, -тву́ет), (no perf.), to triumph
торопи́ться (-оплю́сь, -о́пится) / по-, to hurry
торопли́вый, hasty
тоска́, depression; yearning
тот же, the same
то́тчас (же), immediately
то́чно, just, precisely; as if

трава́, grass
тра́вка (aff. dim. of **трава́**) grass
траге́дия, tragedy
тре́бовать (-бую, -бует) / по- (+ gen.), to demand
трево́жить (-жу, -жит) / вс-, to disturb, worry; **по-,** to trouble
трево́жный, anxious, alarmed
тре́звый, sober
трепа́ть (-еплю́, -е́плет) / по-, to pat
трепета́ть (-ещу́, -е́щет), to quiver, palpitate
треск, crack
треща́ть (-щу́, -щи́т) / про-, to chirp; to crack
тро́гать / тро́нуть (+ gen.), to touch
труд, labour; trouble
тру́дный, difficult
труни́ть (**над** + instr.; no perf.), to make fun (of)
трусли́вый, cowardly
трясти́ (-су́, -сёт; past **тряс, трясла́) / тряхну́ть** (+ instr.) to shake
ту́го, tightly; in difficulties, with difficulty
туда́, (to) there
тупо́й, dull, blunt
турни́р, tournament
ту́склый, dim, wan
ту́ча, (thunder) cloud
тщеду́шный, frail; puny
тьма, darkness
тяготи́ться (-ощу́сь, -оти́тся) (+ instr.), to be embarrassed (by)
тя́жба, lawsuit
тяжёлый, heavy; painful; **мне тажело́,** it is hard for me to bear
тя́жесть, weight
тяну́ть (тя́нет) (+ instr.), to come a breath (draught)
тяну́ть (тяну́, тя́нет) / по-, to draw; to compel
тяну́ться (тяну́сь, тя́нется) / по-, to move

У

убега́ть / убежа́ть (-егу́, -ежи́т, -егу́т), to run off
убива́ть / уби́ть (-бью, -бьёт), to kill; to crush
уби́йство, murder
уби́йца, murderer
уби́тый, killed; **как уби́тый,** like the dead
уби́ть see **убива́ть**
уважа́ть (no perf.), to respect
уваже́ние, respect
увери́тельный, full of assurance
увёртливый, evasive; elusive
уверя́ть / уве́рить, to assure
увести́ see **уводи́ть**
увида́ть see **вида́ть**
уви́деться see **ви́деться**
увлече́ние, passion
уводи́ть (-ожу́, -о́дит) / увести́ (-еду́, -едёт; past **-ёл, -ела́),** to lead away
уго́дно, pleasing; **что уго́дно,** what you will
у́гол, corner
уголо́к (dim. of **у́гол**), corner
угоща́ть / угости́ть (-ощу́, -ости́т), to entertain, treat
угрю́мый, morose, gloomy
удава́тся (-даётся) / уда́ться (-да́стся; past **уда́лся, удала́сь),** (impersonal), to succeed

удаля́ться / удали́ться, to move away
уда́р, blow, stroke
ударя́ть / уда́рить, to strike; to tap
удва́ивать / удво́ить, to (re)-double
уде́рживать / удержа́ть (-ержу́, -е́ржит), to hold (keep) back
уде́рживаться / удержа́ться (-ержу́сь, -е́ржится), to stay on one's feet; to refrain; to restrain oneself
удиви́тельный, surprising, wonderful
удиви́ться see **удивля́ться**
удивле́ние, surprise
удивля́ться / удиви́ться (-влю́сь, -ви́тся) (+ instr.), to be surprised (at, by)
удо́бный, convenient
удово́льствие, pleasure
удоста́ивать / удосто́ить, (+ gen.), to favour, honour (with)
уединённый, solitary
уезжа́ть / уе́хать (уе́ду, уе́дет), to travel (ride) away
уж, really; **уж на что,** in spite of the fact that
у́жас, horror
уже́, already
у́жин, supper
у́зкий, narrow
узнава́ть (-наю́, -наёт) / узна́ть, to get to know; to recognize
узо́р, pattern, design
уйти́ see **уходи́ть**
ука́зывать / указа́ть (-кажу́, -ка́жет), to point to, indicate
ука́лывать / уколо́ть (-олю́, -о́лет), to sting, prick, wound
уклоня́ться / уклони́ться (-оню́сь, -о́нится), to evade; to move aside
уколо́ть see **ука́лывать**
укра́дкой, furtively
укра́сть see **красть**
укра́шенный, adorned
укро́п, fennel, dill
укроща́ть / укроти́ть (-ощу́, -оти́т), to tame, break in, subdue
укуси́ть (-ушу́, -у́сит) (perf.), to bite
у́лица, street, road
улуча́ть / улучи́ть (-чу́, -чи́т), to catch, seize
улыба́ться / улыбну́ться, to smile
улы́бочка (dim. of **улы́бка),** smile
ум, mind; **без ума́,** out of one's mind; delirious;
на уме́, in one's mind
уме́ние, ability, skill
уме́ть / с-, to be able (to)
умиле́ние, tenderness
умира́ть / умере́ть (умру́, умрёт; past **у́мер, умерла́, у́мерло),** to die
у́мный, intelligent
умолка́ть / умо́лкнуть (умо́лк, умо́лкла), to become silent
у́мственный, intellectual
умча́ть (-чу́, -чи́т) (perf.), to whirl away
унести́ see **уноси́ть**
университе́т, university
уноси́ть (-ошу́, -о́сит) / унести́ (-су́, -сёт; past **-ёс, -есла́),** to carry off, away
уны́лый, mournful, dejected
уны́ние, despondency, dejection

упа́сть see **па́дать**
упива́ться / **упи́ться (упью́сь, упьётся;** past **упи́лся, упила́сь),** (+ instr.), to revel (in)
упира́ться / **упере́ться (упру́сь, упрётся;** past **упёрся, упёрлась)** (**в** + acc.), to rest (on, against)
упомина́ть / **упомяну́ть (-яну́, -я́нет),** to mention
упо́рствовать (-твую, -твует) (no perf.), to resist obstinately
употребля́ть / **употреби́ть (-блю́, -би́т),** to use
употребля́ться, to be used
упра́шивать / **упроси́ть (-ошу́, -о́сит),** to beseech, beg
упрёк, reproach
упрека́ть / **упрекну́ть** (**в** + loc.), to reproach (with)
упроси́ть see **упра́шивать**
упря́мый, obstinate, stubborn
упуска́ть / **упусти́ть (-ущу́, -у́стит),** to let slip, let go
уро́к, lesson
урони́ть see **роня́ть**
уса́живаться / **усе́сться (уся́дусь, уся́дется;** past **усе́лся, усе́лась),** to settle down
у́сик (aff. dim. of **ус**), moustache whisker
уси́ленный, (re)doubled
усла́ть see **усыла́ть**
услу́га, service
услу́живать / **услужи́ть (-ужу́, -у́жит),** (+ dat.), to oblige, do a service (to)
услыха́ть see **слы́шать**
усмеха́ться / **усмехну́ться,** to smile wrily or ironically
усме́шка, (mocking, wry) smile
успева́ть / **успе́ть,** to have time (to)
успока́иваться / **успоко́иться,** to calm down
успоко́енный, soothed, appeased
уста́ (plur.), mouth; lips
устава́ть (-таю́, -таёт) / **уста́ть (-а́ну, -а́нет),** to get tired
уставля́ться / **уста́виться (-влюсь, -вится),** to stare
уста́лость, weariness
уста́лый, tired
уста́ть see **устава́ть**
устремля́ть / **устреми́ть (-млю́, -ми́т),** to rush, direct
устремля́ться / **устреми́ться (-млю́сь, -ми́тся),** to rush
уступа́ть / **уступи́ть (-уплю́, -у́пит),** to give way, yield
усыла́ть / **усла́ть (ушлю́, ушлёт;** past **-а́л, -а́ла),** to send away
утеша́ть / **уте́шить (-шу, -шит),** to console
утиха́ние, quietening down
утиха́ть / **ути́хнуть** (past **ути́х, ути́хла**), to quieten down
уткну́ть (no imperf.), to bury
у́тренний, (of) morning
у́тро, morning
у́тром, in the morning
уха́живать (**за** + instr.), to court, make love (to)
ухвати́ть (-ачу́, -а́тит) (perf.), to grasp
у́хо (plur. **у́ши**), ear
уходи́ть (-ожу́, -о́дит) / **уйти́ (-йду́, -йдёт;** past **ушёл, ушла́),** to go off, away
уцеле́ть (no imperf.), to survive, be left unharmed

у́часть, fate
учёбник, text-book
учи́ться (учу́сь, у́чится) / вы-, на-, об- (+ dat.), to learn; to study
у́ши see **у́хо**
ушиба́ться / ушиби́ться (-бу́сь, -бётся; past **ушйбся, ушйблась),** to hurt oneself

Ф

фа́брика, factory
фа́кел, torch
фальши́вый, false
фальшь, falsity, insincerity
фами́лия, surname
фант, forfeit
фанта́зия, fancy
фаса́д, façade
фата́льный, doomed, tragic
фельето́н, feuilleton; satirical article
фи!, fie! ugh!
фигу́ра, figure
физионо́мия, face
флигелёк (dim. of **фли́гель**), wing
фли́гель, wing
фо́кус, (conjuring) trick
фонта́н, fountain
фортепья́но, piano
францу́з, Frenchman
францу́зский, French
фура́жка, (peak-)cap
фы́ркать / фы́ркнуть, to snort

Х

ха́живать (no perf.), to go often
хала́т, dressing-gown
хао́с, confusion; muddle
хара́ктер, character
хвали́ть (-алю́, -а́лит) / по-, to praise
хвата́ть / схвати́ть (-ачу́, -а́тит), to seize, snatch
хво́стик (aff. dim. of **хвост**), tail
хитри́ть / с-, to be cunning
хи́трость, cunning, slyness
хи́трый, sly, cunning; having a catch in it
хи́щный, predatory, of prey
хло́пать / хло́пнуть, to slap, flap
хлопота́ть (-очу́, -о́чет) / по-, to take trouble, do one's best
хлопотли́вый, fussy, busy
хлы́нуть (no imperf.), to gush
хлыст, (riding-) whip; crop
хлы́стик (dim. of **хлыст**), riding-whip
хму́рить / на-, to knit (one's brows)
ход, motion; **на ходу́,** whilst walking
хода́тайствовать (-твую, -твует), to intercede
ходи́ть (-ожу́, -о́дит) / идти́ (иду́, идёт; past **шёл, шла) / пойти́,** to go; to walk
хо́дкий, ready; adaptable
ходьба́, walking
хозя́ин, host; master of the house
холм, hill
холоде́ть / по-, to go cold
холо́дный, cold
холодо́к, shiver; chill(iness)
холостя́к, bachelor
хоро́ш собо́й, handsome, good-looking
хороше́нько, properly

хороше́ть / по-, to grow prettier

хорошо́, well; all right

хоте́ть (хочу́, хо́чешь, etc.**) / за-,** to wish, want; to like (to do)

хоте́ться: мне хо́чется (+ inf.), I feel like (doing)

хоть, if you like

хотя́, although; even

хо́хот, (loud) laughter

хохота́ние, laughter

хохота́ть (-очу́, -о́чет) (no perf.), to laugh (loudly)

хра́брый, brave

хребе́т, spine, bone

хруста́ль, cut-glass

худе́ть / по-, to grow thinner

худо́й, thin, skinny; bad

худоща́вый, lean, spare

ху́же, worse; worst; less (least) well

Ц

цара́пать / о-, to scratch

цвет, colour

цвето́к (plur. **цветы́**), flower

целова́ть (-лу́ю, -лу́ет) / по-, to kiss

це́лый, whole; unscathed

церемонийме́йстер, master of ceremonies

церемо́ния, ceremony

цини́зм, cynicism

цини́ческий, cynical

цыга́н, Gipsy

цыга́нский, Gipsy

цы́почки: на цы́почках, (on) tiptoe

Ч

чай, tea

чай, maybe; no doubt

ча́лый, roan

час, hour; **по часа́м,** hours at a time

ча́сто, often

ча́стный, frequent

часть, part

часы́ (plur.), a clock

ча́ша, cup; bowl

чей, whose

чей-то, somebody's

челове́к, person, human being

чепе́ц, mob-cap

чередова́ться (-ду́юсь, -ду́ется) (no perf.), to alternate

че́рез, (+ acc.), across; **че́рез две неде́ли,** a fortnight later

черноволо́сый, dark-haired, blackhaired

черноме́зый, swarthy

чёрный, black

черта́, feature

черто́г, palace

чеса́ть (чешу́, че́шет) / по-, to comb; to scratch

честь, honour

че́тверть, quarter

чёткий, clear

четырёхсто́пный, tetrameter

четырёхуго́льный, square

чехарда́, leap-frog

чини́ться (no perf.), to be meek and mild

чири́кать / чири́кнуть, to chirrup, twitter

число́, number

чи́ститься (чи́щусь, чи́стится) / по-, to brush one's clothes

чистосерде́чный, sincere

чистота́, purity
чи́стый, pure; maidenly
чита́ть / про- or **проче́сть (-чту́, -чтёт;** past **-чёл, -чла́),** to read
член, member; limb
чрезвыча́йный, extreme
чрез = че́рез, over, across
что, what; **что до** (+ gen.), as for; **что ... за,** what sort of
что́-нибудь, anything
чувстви́тельный, sensitive, sentimental
чу́вство, feeling
чу́вствовать (-твую, -твует), to feel
чуда́к, eccentric, strange person
чуде́сный, wonderful
чу́диться / по-, (used in 3rd person only), to appear vaguely (dimly, doubtfully)
чужо́й, another's
чуть: чуть ли не or **чуть не,** almost
чуть-чуть, barely, scarcely; slightly
чухо́нец, (obsolete, slightly disparaging) Finn

Ш

шаг, step
шали́ть (no perf.), to play pranks; to be frolicsome
шалу́н, playful person; naughty boy
шаль, shawl
шально́й, crazy
шанс, chance
ша́пка, cap
ша́ркать / ша́ркнуть, to shuffle, scrape
шарф, scarf
швейца́р, hall-porter
швея́, seamstress
швыря́ть / швырну́ть, to fling, hurl
шевели́ть / по-, or **шевельну́ть,** to stir
шевели́ться / за- or **по-** or **шевельну́ться,** to stir
ше́йка (aff. dim. of **ше́я**), neck
ше́лест, rustle, ripple of sound
шелесте́ть (-сти́т) (no perf.), to rustle
шёлк, silk
шёлковый, silk
шёпот, whisper
шепта́ть (шепчу́, ще́пчет) / про- or **шепну́ть,** to whisper
шерсть, wool
шестнадцатиле́тний, sixteen years old
шестна́дцать, sixteen
ше́я, neck
широ́кий, broad, wide; spreading
шить (шью, шьёт) / с-, to sew; to make
шко́льник, schoolboy
шлейф, train (of a dress)
шля́па, hat
шля́ться (no perf.), to loaf about
шо́рох, rustle
шпо́ра, spur
шпо́рить (no perf.), to spur
што́ра or **сто́ра,** blind
штраф, penalty
шту́ка, affair; trick; secret
шум, noise
шуме́ть (-млю́, -ми́т), to make a noise; to sound
шу́мный, noisy
шутя́, for fun, in jest; **не шутя́,** seriously

Щ

щегольски́, foppily, dandily
щеголя́ть / щегольну́ть (+ instr.), to show off
щека́, cheek
щекота́ть (-очу́, -о́чет) / по-, to tickle
щёлкать / щёлкнуть, to click
ще́пка, chip, splinter
щи́колотка, ankle
щу́пать / по-, to feel
щу́риться / со-, to screw up one's eyes

Э

экза́мен, examination
экипа́ж, carriage
экспеди́ция, expedition
элеме́нт, element
эпигра́мма, epigram
эполе́та, epaulette

Ю

ю́ноша, a youth

Я

явля́ться / яви́ться (явлю́сь, я́вится), to present oneself
я́вственный, clear, distinct
яд, poison
ядови́тый, venomous
язы́к, language; tongue
язычо́к (dim. of **язы́к**), tongue
я́кобы, as if; so they (he, etc.) say (s)
ямб, iambic
ямско́й, (of the) post
я́сный, clear
я́щик, box